寻找黄金的猎人

[美] 詹姆斯·柯伍德 著　朱枣 译

时代出版传媒股份有限公司
安徽少年儿童出版社

图书在版编目(CIP)数据

寻找黄金的猎人 / (美)詹姆斯·柯伍德著；朱枣
译.—合肥：安徽少年儿童出版社，2022.1(2022.5重印)
(国际少年生存小说典藏)
ISBN 978-7-5707-0367-8

Ⅰ.①寻… Ⅱ.①詹… ②朱… Ⅲ.①儿童小说 – 长
篇小说 – 美国 – 现代 Ⅳ.①I712.84

中国版本图书馆 CIP 数据核字(2021)第 044346 号

GUOJI SHAONIAN SHENGCUN XIAOSHUO DIANCANG XUNZHAO HUANGJIN DE LIEREN
国际少年生存小说典藏·寻找黄金的猎人

[美]詹姆斯·柯伍德 著
朱 枣 译

出版人：张 堃　　策 划：高 静 宋丽玲　　责任编辑：张 琪
责任校对：冯劲松　　责任印制：朱一之　　封面设计：孙 威
内文设计：侯 建　　绘 图：团 子
出版发行：安徽少年儿童出版社　E-mail:ahse1984@163.com
　　　　　新浪官方微博:http://weibo.com/ahsecbs
　　　　　(安徽省合肥市翡翠路 1118 号出版传媒广场　邮政编码:230071)
　　　　　出版部电话：(0551)63533536(办公室)　 63533533(传真)
　　　　　(如发现印装质量问题,影响阅读,请与本社出版部联系调换)
印　　制:阳谷毕升印务有限公司
开　　本:635mm×900mm　1/16　 印张:14　 插页:1　 字数:150 千字
版　　次:2022 年 1 月第 1 版　　2022 年 5 月第 2 次印刷

ISBN 978-7-5707-0367-8　　　　　　　　　　　定价:38.00 元

目 录

第一章　追赶哈德逊湾邮车

中午时分,寂静笼罩着宽广、荒凉的加拿大森林。驼鹿和驯鹿一大早就觅过食了,现在正在温暖的二月阳光下歇息;猞狲蜷缩着回到了夹在大石头间的巢穴中,等待着太阳落到更遥远的西北方之后,再重新出去劫掠;狐狸正在午睡,片刻也安静不下来的灰噪鸦则在温暖的阳光下懒洋洋地抖着自己的羽翼。晚冬的积雪在阳光的照射下开始融化。

　　在这个时候,如果有一位老猎人走在路上,那么即便他在取下包裹时,在静静收集生火用的木柴时,吃着午饭时,吸着烟斗时,他的眼睛和耳朵也会机警地注意着周围。此时,如果你小声跟他说话,那么他会对你说:

　　"嘘!安静!你不知道我们离猎物有多近。所有动物都在早上吃过了东西,现在正躺在地上呢。猎物在这一两个小时内不会起来走动的,前方一射程远的地方就可能有驼鹿或者驯鹿。只不过我们现在听不到它们的声音!"

　　过了一会儿之后,有什么东西打破了这种毫无生气的寂静。积雪覆盖着的山岭,向阳的山坡上出现了一个黑点,接着,黑点晃动着,渐渐变大,像一只狗一样,前爪伸到了前方远处,肩膀向下压低——这是一只狼。

　　饱餐过后的狼通常会睡意沉沉，如果有猎人遇到这只狼的话，那么他会判断出，这只狼昨天夜里刚刚美餐了一顿。然而，有什么东西引起了这只狼的警觉。狼号称是荒原上的残暴之徒，但此刻这只残暴之徒嗅到了令森林中所有动物都胆战心惊的气息——人类的气息。这只狼从山岭上走下来，一副漫不经心的样子，它此时的狡猾只有平日的一半。狼踏过空地上正在融化的积雪，然后在人的气息很强烈的地方停了下来，朝着天空伸长脖颈，向同伴发出一声嗥叫，警告它们自己嗅到了人类的气味。如果是在夜间，狼会发出一声嗥叫，然后去跟踪人类，其他的狼听到后也会立即赶来。但是现在是白天，它应该在向同伴发出警告之后赶紧逃离此处。

　　然而，这只狼没有逃走，空气中的一种神秘的东西让这只狼感到困惑。在正前方，有一条雪橇留下的宽阔而平滑的痕迹，还有许多狗爪子印——最近一小时内，瓦比诺什驿站的"狗拉邮车"在其赶往文明开化地区的漫长旅程中从这儿经过。但是，引起这只狼的高度警觉并做好逃跑准备的，并不是雪橇和狗爪留下的痕迹，而是从反方向而来的什么东西。那是从北方来的，风就是从那个方向吹来的。刚开始是声音，然后是气味，再然后是声音夹杂着气味，接着，狼就飞快地沿着阳光照射着的山坡往山顶逃去。

　　传来声音和气味的那个方向上，有一个不大的湖泊，湖泊对岸约四分之一英里①之外的地方，突然从茂盛的香脂树林边缘处冲出来一辆雪橇、一个人和几只狗。有好几次，这几只狗

————————
①英美制长度单位，1英里约为1.6千米。

似乎都纠缠在了一起，这种具有一半野生动物习性的北方雪橇狗经常在激战中或者拉着雪橇飞奔时会遇到这种危险。然后，传来人的吆喝声和鞭子的噼噼啪啪声，以及雪橇狗的吠声。这支混乱的队伍重新回归整齐，就像一条灰黄色的带子一样从光滑的湖面上穿越而过。雪橇旁边，一个高高瘦瘦的印第安人正在奔跑着，即便隔着很远的距离，也能认出他是一个印第安人。这支队伍还没跑完湖面的四分之一的路程时，从他们的后面又传来了一声吆喝，第二辆狗拉雪橇从茂盛的森林中蹿了出来。在这辆雪橇的旁边，赶雪橇的人拼命地奔跑着。

前面那个赶雪橇的人现在跳上了自己的雪橇，他高声吆喝着，甩起鞭子打在狗背上。后面那个赶雪橇的人仍然在跑着，他超越了前面的这辆雪橇。当这两辆雪橇到达湖泊的对岸时，也就是那只狼向自己的同伴发出警告的嗥叫的这一岸时，两支雪橇队伍的十二只狗几乎是肩并肩地往前跑着。

两辆雪橇的领头狗突然放慢了步伐，一分钟之后停了下来。套驾中的狗扑倒在地，张大嘴巴喘着气，流着鲜血的狗爪将地上的白雪都染红了。这两个人的表情都很严肃，那位年长者是位印第安人，是北方原野上的纯粹的印第安人。他的同伴是一个不到二十岁的少年，身材苗条，但灵巧的四肢结实得如一只动物，他俊美的古铜色脸庞上洋溢着森林的气息，他的血脉中流淌着很多与这位年长的印第安人的血统相同的血。

这两位就是我们的老朋友穆阿奇和瓦比。穆阿奇是一位忠诚可靠的勇士和领路人，富于冒险精神的瓦比则是瓦比诺什驿站站长与他的印第安人妻子所生的混血儿。他们现在都很激动,他们一边喘着气,一边静静地看着对方。

"我担心我们撵不上他们!穆阿奇!"年轻的瓦比喘息着说,"你觉得呢?"

此时,穆阿奇蹲在距离雪橇十多英尺①的雪地上,从这儿开始,往前延伸着一条"狗拉邮车"的痕迹。足足有一分钟之久,穆阿奇都在检查着狗爪的痕迹和雪橇留下的平滑的痕迹,然后他抬起头,发出印第安人特有的咯咯的笑声,每次他这样笑的时候,都意味深长。他说道:

"我们肯定能撵上他们!他们的雪橇痕迹很深,两辆雪橇的痕迹都很深,狗拉了很沉重的东西。我们肯定能撵上他们!"

"我们的狗也一样!"瓦比疑惑地说,"我们的狗全都在套驾里,并且我的领头狗的腿已经跛了,你看,在流血呢!"

人们通常称呼北方的这种高大凶猛的狗为雪橇狗。这几只雪橇狗可真是太悲惨了,温暖的太阳已经将坚硬的积雪外壳融化了不少,但是,雪橇狗的爪子每一次踏在积雪上踩破这层外壳时,刀子般锐利的外壳边缘都会把它们的爪子和腿伤得血淋淋。穆阿奇扫视了一遍两支队伍,脸色一下子变得很严峻。

"太糟糕了!实在是太糟糕了!"穆阿奇嘟囔道,"我们太傻了!"

"你没带狗爪靴吗?"瓦比问道,"我的雪橇上有十几双,对于三只狗来说足够了,天哪!"他迅速跳上雪橇,从里面抓起鹿皮狗爪靴,然后走到穆阿奇那儿,激动万分:"我们只有一个机

---

①英美制长度单位,1英尺约为0.3米。

会！穆阿奇！"

"挑选出最强壮的狗，我们两个人中得有一个人先单独跑在前面！"

两位冒险家甩起鞭子，吆喝起大狗，疲倦不已的流着血的雪橇狗重新站了起来。三只体格最大也最强壮的狗被套上了狗爪靴，然后被编排到瓦比的雪橇队伍中，和瓦比的另外六只狗一起，瓦比的这六只狗看起来还有一些力气。过了一会儿，长长的狗拉雪橇队伍重新追赶起哈得逊湾邮车，雪橇旁边，瓦比在雪地上飞快地奔跑着。

这场激动人心的追赶"狗拉邮车"的行程从今天早上拂晓时分就开始了，每次停下来休息的时间顶多就一两分钟而已。在山岭与湖泊间，雪橇穿过了茂盛的森林，穿过了荒凉的平地，两人都没有停下来吃喝，随处抓起一把雪塞进嘴里就吃，他们的目光时时刻刻寻找着飞奔的邮车的新鲜痕迹。凶猛的雪橇狗似乎也明白它们的这场追赶具有"生死攸关"的意义，它们得马不停蹄地沿着雪地上的痕迹往前追赶，并且不能出现偏差，直到完成任务为止。雪地上的痕迹往前延伸的某个地方有人类和其他的狗，它们必须撵上他们才行！

尽管受伤了，尽管跌跌撞撞，雪橇狗心里却满是冲锋陷阵的热情和穷追不舍的激动。瓦比正催促着它们不顾一切地往前冲去。它们一半是狼，一半是狗，主人吆喝时，它们就露出白色的牙齿咆哮起来。野生动物敏锐的本能正指引着它们，不需要主人的指导就知道往哪儿跑。它们很忠诚，拉着沉重的雪橇，舌头垂得长长的，心跳变得越来越微弱，充满血丝的眼睛好像红色的球一样发着光。当瓦比实在跑不动的时候，就会跳到雪橇上，躺在上面大口喘息，让四肢歇一歇。这样一来狗就更吃力了，雪橇上躺了一个人之后，速度变慢很多。有一次，一只高大的驼鹿从百步之外的树林中跑出来，但是雪橇狗看都不看它一眼。又往前跑了一段，一只正在石头上晒太阳的猞猁被惊吓得像一个灰色圆球一样从邮车的痕迹上滚过去，但雪橇狗仅仅不耐烦地看了一眼自己的死敌，就不停地继续往前赶去。

雪橇队伍的速度越来越慢。跑在最后面的那只狗现在已经拖了整支队伍的后腿，因此主人瓦比用锋利的刀子割断了它胸前的皮带，这只被解放出来的狗就尽情地在痕迹旁边奔跑着。队伍中另外两只狗很沉重地拉着雪橇，另外一只狗的腿已经跛了，在雪地上留下了斑斑点点的红色血迹。每一分钟，年轻人脸上的绝望都增加一分。他的眼睛与忠诚的雪橇狗的眼睛一样，是红红的。因为太紧张，所以他双唇微微张开，本来像赤鹿一样不知疲劳的双腿变得越来越沉重。他跳上雪橇休息的次数变得越来越多，他渴望能好好地呼吸，他每两次休息之间的时间变得越来越短。看来他们再跑不了多远就要累趴下了，他们赶不上哈得逊湾邮车了！

瓦比喊出了最后一声鼓励的话，从雪橇上跳下来，跳到狗前方的一侧，催促狗尽最后的力气加油。他们前面是森林小道，森林的那一边，不知多少英里之外，是宽广的尼皮贡湖。再远处，在太阳与白雪的光芒中，一个东西正在移动着，瓦比用蒙胧的眼睛看去是一个薄薄的黑条子，但瓦比知道，那是驶向文明开化地区的"狗拉邮车"。他想大声喊叫，但双唇间发出的喊叫声，在一百步之外就听不到了；他双脚在身下踉跄着，双腿突然像灌了铅一样沉重，瓦比无力地跌倒在雪地上。忠诚的雪橇狗围绕着他，伸出舌头舔他的脸和手，它们嘴里呼出的热乎乎的气息就像发着咝咝声的蒸汽一样。这位印第安少年感觉白天忽然变成了黑夜，他闭上双眼，感觉狗喷在自己脸上的气息也越来越微弱，好像狗正在离开自己。他感到自己在往下沉，慢慢地沉入黑暗之中。

他拼命挣扎，想从黑暗中逃出来。还有一次机会！仅仅这一次机会！他又听到了狗的声音！他感受到了狗舌头舔在自己手上和脸上！他强撑着站起来，盲目地用双手摸索着。几英尺之外是雪橇，再远处，自己的视野尽头，是哈德逊湾邮车！

他一步一步从狗群中走出来，到了雪橇那儿，手指僵硬地紧握着那把冰冷的猎枪。还有一次机会！这句话、这个想法，占据了他的整个脑海，他把猎枪端起在肩头上，将枪口对着天空扳动了扳机。一次，两次，五次，他对着天空总共开了五枪。第五枪打完后，他从腰带那儿取出了一个新的弹药筒，然后一次又一次地开枪射击，直至冰天雪地中的那个黑条子停了下来，掉过头来。响亮的信号声反反复复地响着，直到瓦比的猎枪变得发烫，猎枪已经没有子弹为止，枪声才停止下来。

慢慢地，他眼前的黑暗渐渐消退。他听到一声呼唤，跌跌撞撞地站起身来，伸出胳膊呼唤起一个名字，这时候那辆"狗拉邮车"在自己前方一百码之外的地方停了下来。

一个与瓦比年龄相仿的少年又惊又喜地大叫一声，从第二辆狗拉雪橇上跳了下来,冲向印第安少年瓦比。瓦比抓紧了这个少年的胳膊,然后就昏倒在雪地上。

"瓦比!怎么回事?"他喊道,"你受伤了吗?瓦比?"

过了一会儿,瓦比挣扎着克服自己的虚弱。

"罗德——"他低声说道,"罗德,敏妮塔琪她——"

他停住了,沉重地倒在了同伴身上。

"瓦比!怎么回事?快说!"另一个少年急切地催促道,他的脸色变得苍白,他声音颤抖,"敏妮塔琪她怎么了?"

再一次,印第安少年挣扎着睁开眼睛,用很微弱的声音说道:"敏妮塔琪——被武诺咖人抓走了!"然后他好像停止了呼吸,像死去了一般躺着不动。

第二章　歹徒魔掌中的敏妮塔琪

瓦比一动不动地躺在那儿,苍白的脸色很吓人,这个白人少年罗德泣不成声地呼唤着自己的同伴。罗德以为自己的这位朋友已经死了。邮差在两位年轻猎人的旁边蹲下来休息,他将手放到瓦比厚厚的衣服下面,搁了一会儿,然后说:"他还活着!"

　　邮差赶忙从口袋里掏出一个金属长颈瓶,拧开盖子,将瓶嘴儿塞进瓦比的嘴里,把瓶里的酒往他喉咙里倒。酒的效果立竿见影,瓦比睁开了双眼,凝视了一下邮差粗糙的面容,然后又闭上了双眼。当瓦比指着瓦比诺什驿站那几只狗的时候,邮差的神色舒缓下来。筋疲力尽的几只狗正伸着腿躺在雪地上,头在双腿间往下垂着。当它们追赶的队伍终于出现在自己面前时,它们仍然毫无生气,提不起神。如果不看它们起伏着的身体和下垂着的舌头的话,躺在路上的狗看起来跟死了一样。

　　"他没有受伤,"邮差说,"你看这些狗。他一直都赶着雪橇往前跑,然后从雪橇上摔落下来!"邮差确凿无疑的话语并没有让罗德感到丝毫安慰。瓦比微弱地颤动着的身体已经告诉罗德,瓦比已经活过来了。但是,看到流着血的疲倦的狗,想起瓦比刚才的话,他又生出了新的恐惧。敏妮塔琪怎么了?瓦比跑了这么长的路追赶自己是为了什么事？狗都快累死了，瓦比自己也从雪橇上昏过去，他这么着急地追赶自己到底为了什么事？敏妮塔琪死了吗？武诺咖人杀死了瓦比那美丽的妹妹了吗？

罗德反反复复恳求瓦比说话，然而邮差将罗德往后拉过去，将瓦比抱到邮车雪橇上。

"快去云杉丛那儿，点起火！"邮差命令道，"我们得让他吃些热东西，把他裹在兽皮里。真糟糕！"

罗德还没听他说完，就立马跑到邮差所说的云杉丛边。他找到很多桦树，剥了一大捆儿桦树皮回来，然后在"狗拉邮车"旁的雪地上燃起一堆篝火。邮差解开瓦比的衣服，用厚厚的熊皮将瓦比裹起来，罗德往火堆里添加着干树皮，周围好几步之内都暖烘烘的。几分钟之后，火焰上的一壶雪水就烧开了，邮差打开一罐浓缩汤膏。

瓦比的脸色依然是死一般的苍白。罗德蹲在瓦比身旁，高兴地看着瓦比的呼吸变得越来越有规律。但没高兴多久，他就又有了新的担忧。敏妮塔琪到底出了什么事？他一边看着瓦比慢慢苏醒，一边一遍又一遍地重复思考着这个问题。最近几个月内发生的事情，在一两分钟内在他脑海中迅速滑过。好长一段时间，他都沉浸在回忆之中。他想起了自己和寡居的母亲一起生活在底特律时的情景；他想起了第一次遇到瓦比时的情景，瓦比的父亲是一位来自英国的驿站站长，瓦比的母亲则是一位印第安酋长的女儿，她曾经去文明开化的地区接受过教育；他想起了他和瓦比之间的故事，想起长达几个星期乃至几个月的时间一起在学校里的生活，想起他们一起策划着去瓦比遥远的北方故乡进行冬季冒险的事情。

他们曾一起经历过多么惊险的事情啊！瓦比、穆阿奇和他，三个人曾在冰天雪地的荒野中捕猎豺狼！在瓦比的呼吸越来越有规律时，他想起了上一次他们驾着一只灵巧的独木舟从文明开化的地区驶入荒野之中，想起了他第一次见到驼鹿、第一次杀死熊和第一次见到敏妮塔琪的情景。

当想到敏妮塔琪可能出了什么事时，他的眼睛湿润了，心也变冷了。敏妮塔琪的身影浮现在眼前，变得越来越清晰，仿佛她就在身边。自己第一次见到敏妮塔琪时，她还是一个少女，那时她从瓦比诺什驿站驾着独木舟出来迎接自己，阳光照在她乌黑的头发上，她的脸颊因激动而变得绯红。她眉开眼笑地欢迎她亲爱的哥哥。那时候她已经听别人讲过罗德好多次了，但还是第一次见到他。罗德记得自己的帽子被风刮落在水里，敏妮塔琪帮他从水中捞起帽子。过去的一切都如图画一般浮现在眼前：他和敏妮塔琪一起漫步在森林中的日子，他和敏妮塔琪一起经历激烈搏斗的日子……他曾经还单枪匹马将敏妮塔琪从武诺咖人手中救出，武诺咖人可是北方凶恶的印第安歹徒。然后他想起了穆阿奇、瓦比和自己三个人一起在远离哈得逊湾驿站的荒原中度过的几个星期的刺激的冒险之旅，他想起他好几个星期都忙着布置陷阱，想起他们同武诺咖人发生的激烈搏斗，想起他发现的那座不知道是多少年前建造的小木屋以及小木屋里古老的骷髅，他还想起其中一具骷髅的手指间夹着的桦树皮地图，那张地图因为年代太久远了而模糊不清，那张地图上画着一处黄金宝藏的路线。

这时候,那张地图浮现在了他面前,他把手伸到衣服里面的口袋里,摸了摸那张地图的复制本,地图还在那儿。他们打算几个星期之后就按照地图上的指示重返荒野呢,他们要去寻找小木屋中的骷髅告诉他们的那隐藏的黄金,那将是一场浪漫的旅程。

　　看到瓦比浑身痉挛似的颤抖时,他停止了回忆。在那一瞬间,印第安少年瓦比睁开了眼睛,他抬起眼睛看了看罗德,轻轻笑了笑。他想说话,却说不出来,接着又闭上了眼睛。邮差来到罗德身旁,罗德扭头满脸担忧地看了看邮差。仅仅二十四小时之前,他在瓦比诺什驿站与精神焕发的瓦比挥手告别,那时,经历了几个月冒险生活的瓦比是一个灵活的大力士,浑身都是使不完的劲。罗德热切盼望着春天的到来,以便三人再一起去未曾被探索过的北方探险。

　　而现在的情形却是天壤之别!罗德看了一眼瓦比布满血丝的眼睛、虚弱的脸庞,仅仅一天而已,瓦比就发生了如此巨大的变化!忠诚的穆阿奇一直都在瓦比和敏妮塔琪身边保护他们,很少离开,而现在穆阿奇为什么不在呢?

　　大概过了一个小时,瓦比才再次睁开眼睛,但很快又闭上了。这一次,罗德轻轻地将他环绕在手臂间,邮差将一碗热汤喂到他嘴里。热汤将新生命灌入了饥饿的瓦比的体内。刚开始时他慢慢地喝着汤,接着他急切地挣扎着想坐起来,有气无力地说道:"我想再喝一碗。"瓦比很快就津津有味地喝完了第二碗。他伸出手臂,在同伴的帮助下蹒跚着站了起来。

　　"我以为我撑不上你了呢!"瓦比激动地说。

"瓦比,到底出了什么事?敏妮塔琪她怎么了?"

"她被武诺咖人掳走了,武诺咖人的首领亲自掳走了她,将她带往北方了。罗德,只有你才能救她!"

"只有我才能救她?"罗德慢吞吞地说,"你说的是什么意思?"

瓦比抓住罗德的胳膊大声说道:"你还记得吗?我们与武诺咖人激战之后从峡谷那儿往南方逃跑,然后第二天你离开营地去捕猎动物以便给穆阿奇炖肉养伤时,你发现了一些痕迹。你告诉我们你沿着雪橇的痕迹往下走,过了一段时间后,雪橇的痕迹与一些雪地靴的脚印交杂着出现在一个地方,这些雪地靴脚印中有一双脚印让你想起了敏妮塔琪。我们到达驿站后才知道,敏妮塔琪与两辆雪橇一起去了凯诺加米驿站,我们立即得出一个结论:那些雪地靴脚印是凯诺加米驿站的人们前来迎接她的时候留下的。但实际上不是,那些脚印是武诺咖人留下的!"

"有一个身受重伤的向导昨晚逃了回来,将敏妮塔琪被武诺咖人掳走的消息告诉了我们,驿站的医生说这个向导伤得很严重,他顶多还能再活一天。一切都靠你了,只有你和那个快死的向导才知道敏妮塔琪是在哪儿被掳走的。雪都融化两天了,脚印可能都已消失。但是你看到了敏妮塔琪的脚印,你看到了雪地靴的痕迹。只有你才知道他们去了哪儿!"

瓦比语速很快,越说越激动,然后又倒在了雪橇上,他太累了。

"天没亮我们就开始追赶你,两辆雪橇,狗都差点被累死。

然后我们重新安排了雪橇狗的数量,我一个人先走在前面,穆阿奇在我后面十多英里的地方。"

得知敏妮塔琪落入武诺咖人的魔爪之中,罗德非常担忧。敏妮塔琪和瓦比不止一次告诉过罗德嗜杀成性的武诺咖人对瓦比诺什驿站居民的残忍行径,去年冬天他自己也曾与武诺咖人产生了肢体冲突,他目睹瓦比诺什驿站居民被武诺咖人屠杀,成为他们复仇的牺牲品。

但此刻他想的却不是这些事情,他想的是这场宿仇的原因。他的喉咙有些难受,以至于说不出话来。许多年前,一个名叫乔治·纽瑟姆的年轻英国人来到瓦比诺什驿站,他在那儿遇到了一位印第安人酋长的女儿,然后爱上了她,这位印第安姑娘也很爱他,然后他们就结了婚。武诺咖是一个好战的部落首领,是这位英国人的情敌。当这位英国人娶走了这位印第安姑娘之后,武诺咖就在心里燃起了报复的火焰。从那天开始,针对瓦比诺什驿站居民残忍的报复就开始了。武诺咖的追随者从使用陷阱捕捉野兽和打猎的人变成了杀人犯和歹徒,这帮人组建了这片荒原上恶名昭著的武诺咖部落。这场宿仇已经持续了很多年,武诺咖人就像老鹰一般留意着机会,一会儿在这里杀人,一会儿在那里抢劫,他们一直都在寻找机会掳走驿站站长的妻子或孩子。仅仅几个星期之前,经过险恶的搏斗,罗德将敏妮塔琪从森林里救了出来。这一次比以往更险恶,敏妮塔琪落进了敌人的魔掌之中,她被武诺咖人带到遥远的北方,带入到未曾被探索过的无垠的荒野中,并且可能一去不返!

　　罗德看了看瓦比，瓦比紧攥着拳头，眼睛里冒着火焰。

　　"我能找到痕迹，瓦比，我们沿着痕迹哪怕追到北极也行！我们在峡谷打败了武诺咖人，我们现在即将再与他们格斗。不论需要多长时间，我们都要找到敏妮塔琪！"

　　身后的森林中传来微弱的鞭子声，犹如手枪声一般，还传来了一阵一阵的呼喊声。

　　良久，三人都站在那儿聆听。呼喊声再次传来。

　　"是穆阿奇！"瓦比说，"穆阿奇和剩下的狗！"

第三章　追赶武诺咖人

呼喊声越来越近,夹杂着甩鞭子的声音,穆阿奇正驱赶着瓦比留下来的狗,沿着瓦比留下的痕迹赶来。然后,这位老勇士和他的队伍一下子就蹿进了两位年轻猎人的眼帘,瓦比和罗德赶紧跑过去迎接他。罗德看了一眼就知道,如果再跑上一段路,穆阿奇就会像瓦比那样从雪橇上昏倒过去。罗德和瓦比牵着他们忠诚的老朋友坐在了邮车雪橇上的熊皮堆上,然后给他端来刚做好的热汤。

　　"你撵上他了!"穆阿奇露出牙齿高兴地笑起来,"你撵上他了,真快!"

　　"他差点没被累死,穆阿奇!"罗德说,"现在呢,"他看了看两人,"该怎么办?"

　　"我们片刻也不能停留,赶紧去追武诺咖人!"瓦比说道,"耽误一分钟都不行,晚一个小时就可能会误了大事!"

　　"那狗呢?"穆阿奇说。

　　"你可以用我的狗!"邮差插话说,"我有六只狗,都很强壮,也算精力充沛。你添上我的几只狗,我驾着你留下的狗继续赶我的邮车。我建议你休息一个小时左右的时间再赶路,你自己也好好吃点东西,俗话说,磨刀不误砍柴工。"

穆阿奇同意邮差的话，然后他和罗德开始往火堆上添柴火。临时搭建的营地成为雪野中最具有人间烟火气息的景象。邮差打开他的食物袋开始做饭，穆阿奇和瓦比重组了队伍，从自己的狗里面选出了三只，然后和哈得逊湾邮车的狗一起编入一个团队。瓦比诺什驿站的狗此刻饥肠辘辘，看到邮差正切着的大块的碎肉后半立起身子咆哮着，然后就彼此间撕咬起来，主人们的说话声几乎被它们骚乱的声音淹没了。每只狗都获得了一大坨兽肉，其他的碎肉被悬在火堆边通红的木炭上炙烤着。同时，罗德正在湖上凿冰，他想找些水。

过了一会儿，瓦比走过来给罗德帮忙。

当罗德停下来休息时，瓦比说："我们的雪橇已经准备好了。我们的食物对于九只狗和三个人来说不太够用，但我们有充足的弹药。我们应当在路上寻找一些猎物。"

"兔子一定会有的。"罗德建议道，然后又开始凿起冰来。凿了几下，水就从冰下冒了出来。装满了两桶水后，两人回到营地。

吃完饭的时候，森林中雪松尖端的阴影投落在冻结的湖面上，太阳正在荒凉的原野的尽头沉落，三位猎人准备离开时，大地上早已没了太阳的温暖。还是下午三点钟，但是空气中弥漫着刺骨的寒冷。再过半个小时，现在仍在北方微弱地照射着大地的太阳将会变成一个一点也不耀眼的通红的圆球。在遥远的北方，夜幕总是降临得特别快，就像是一件可以触摸到的移动着的东西一样，把人包裹住。夜色现在就要来临了，狗已经被套在了雪橇上，罗德、穆阿奇和瓦比向哈得逊湾邮车的邮差挥手告别。

穆阿奇吆喝着让狗往湖面上去的时候，邮差说："用上四个小时你们就能到达那边的湖岸，到那个时候我得停下来安营休息一下。"

穆阿奇走在前面，留下了一串痕迹。瓦比第一个甩起鞭子催促狗跑快些，罗德是刚刚加入他们的，紧紧跟随在他们后面。过了一会儿，罗德赶上了瓦比，他把手放在瓦比的肩头上，一边喘着气一边问道：

"明天我们能到达平地上的老营地吗？"

"可以的。"瓦比肯定地说，"穆阿奇会带我们走最短的路线，我们能抵达营地，然后一切就靠你了。"

罗德又落在了雪橇痕迹的后面，大口喘息着。他的大脑从来没有像现在这样不停地思考着。当他们抵达受伤的穆阿奇从武诺咖人那儿逃脱之后曾经待过的小木屋，他能够找到他当初看到的敏妮塔琪的脚印吗？他满怀信心，可是他意识到了这是一件不能确定的事情，因为他注意到这一天的阳光有些强烈。他肯定能找到那条痕迹，就算它已经消失。但是他还是希望发现这条痕迹的人是穆阿奇或者瓦比，而不是他自己。他们都具有在森林生活的本能，他们能够像狐狸找到被秋天的落叶覆盖着的道路的终点一样，轻而易举地找到那些痕迹。如果他失败了呢？他打了一个寒战。他一边跑着，一边想象着敏妮塔琪将来的命运。几个小时之前，他还是这个世界上最快乐的人。那时他认为瓦比可爱的妹妹在凯诺加米驿站很安全，他在驿站与自己的朋友挥手告别，此后自己距离遥远的南方越来越近,距离自己的母亲和自己的故乡越来越近。而现在却突然冒出这么一桩事,他几乎还没反应过来,就踏上了最为惊心动魄的充满灾难的冒险之旅。本来,再过几个星期,春天来临后,他就能回到朋友和母亲的身边,然后穆阿奇、瓦比和自己将进行寻找黄金的浪漫旅程,而那黄金的位置是古老的小木屋中的骷髅告诉自己的。他停止了思考,因为湖面上响起了枪声,他踏上了前去拯救敏妮塔琪的旅程!

罗德满怀热情跑到雪橇的前面,催促穆阿奇也再快一些。每过十分钟,雪橇上驾驶着的那个人就跳下来与旁边路上奔跑着的人进行替换,这样的话,每一个小时里每人都会有两次的歇息。西南方森林那儿的红色太阳很快消失了,夜色渐渐深了,远方尼皮贡湖湖面上的冰雪无边无际地消失在遥远的黑暗之中。在这荒无人迹的荒原上,没有树木和石头用来辨认方向,穆阿奇和瓦比也没有片刻的时间可以用来犹豫。星星开始在苍穹上闪耀起来,更远处,月亮在冰雪和森林世界的地平线之上升起,像是一个跳动着的火球,时不时地出现在北方的黑夜中。

他们不知疲倦地跑了一英里又一英里,仅仅在雪橇上躺着休息了一小会儿,就继续往前跑,然后他们就跑在尼皮贡湖湖面的冰上了。月亮升高了,月光将红色的驼鹿花照成了苍白色,然后月亮升到天上的时候就把驼鹿花涂上了银辉,再然后月亮就成了一个巨大的金色圆盘。在月光下,冰雪覆盖着的荒原泛着微光,茫茫没有尽头。荒原上只有雪橇的声音、狗爪上的鹿皮靴踩在地上的声音和罗德他们三人时不时的喘息声、说话声。根据罗德的观察,刚刚过八点钟,前面的湖泊的景象就出现了变化。坐在雪橇上的瓦比是第一个发现这一变化的人,他向身后的罗德喊道:"森林!我们已经从湖上穿过去了!"

疲倦的雪橇狗听到他的话后猛地向前跃起,仿佛开始了新生活,最前面的那只狗高兴地大叫一声,因为它嗅到了香脂树和冷杉的气味。雪橇往前滑动着,森林上方锋利的小尖塔高高耸起,在夜间的白色光芒间变得越来越清晰。五分钟后,团队在湖岸边停了下来,他们聚在一起,喘着粗气。今天,从瓦比诺什驿站来的这支队伍总共跑了六十英里的路。

"我们就在这儿扎营吧!"瓦比一边在雪橇上坐下来,一边说道,"不然把我一个人留在这儿算啦!"

不知疲倦的穆阿奇已找出了一把斧头。"现在还不能休息!你现在就休息?不扎营了吗?先扎下营地然后再休息!"

"你说的对,穆阿奇。"瓦比一边嚷着,一边强打起精神从雪橇上蹦了下来,"如果我再坐五分钟的话,我就会睡着。罗德你快点火,穆阿奇和我去搭棚屋。"

不到半个小时,香脂枝条棚屋就搭建好了,棚屋的前面升腾着一团火,将附近二十步之内的地方都照得又亮又热。三人从森林后面很远处拖过来几块小木头,将它们添加到火堆里,然后穆阿奇和瓦比用兽皮包裹住自己的身体,钻进棚屋里。这一天,罗德没有他的同伴们那样累,待同伴们入睡后,罗德坐在火堆边,再一次想到自己的生活发生了如此巨大的变化,然后他打量着闪烁的火花,火花在越来越黑的森林中变化出千千万万个不同的形状。狗趴在火堆边，一动也不动，好像已经停止了呼吸。远处，传来一只狼的孤独的低声哀嚎，一只巨大的白猫头鹰扑打着翅膀靠近营地，并发出咯咯的啼叫声，听起来像是发疯的人在说话："喂！喂！喂！"树枝因为沉重的积雪而断裂的声音偶尔也会听到，但是所有这一切都惊扰不到熟睡着的两位猎人。

一个小时过去了，罗德仍然独坐在火堆边，猎枪就横放在膝盖上，这时候，他脑中已幻化出成千上万种想象，他一刻也没有停止思考：在这个晚上，这片广袤的荒原上的某个地方，燃烧着另外一堆营地篝火，在这处营地里，敏妮塔琪是一个俘虏。一种说不清的感觉袭上了他的心头，这种感觉告诉他，敏妮塔琪没有入睡，她正在想念她的朋友们。不知是些许的睡意还是被称作心灵感应的奇妙东西让自己看到了下面这幅画面，这幅画面真实得让人害怕。他看到一堆篝火边坐着敏妮塔琪，肩上垂着粗粗的辫子，她乌黑漂亮的头发在火光中泛着光泽。她冲着火焰紧张地眨着眼睛，好像她要跳进火焰里似的，一个男人紧紧坐在她身后，他一伸手就可以触摸到她，这幅画面让罗德打了一个寒战。是武诺咖，那帮歹徒的头领！他正在说话，红色的脸庞像恶魔的脸，他向敏妮塔琪伸出了自己的手！

罗德惊叫一声跳了起来，狗吓得惊恐地望着他。他不停颤抖着，刚才是在做梦吗？或者这不仅仅是一场梦？他想起了几个星期之前在神秘的峡谷里的时候，那时候他也做了一个梦，他梦到了跳着舞的骷髅，然后就是这个梦向他揭示了古老的

小木屋和隐没的黄金的秘密。为什么武诺咖向敏妮塔琪伸出罪恶的手？他想甩掉压在自己心上的重担，他想甩掉自己的紧张和害怕。他拨弄了一下火堆，火花向上耸起直到树木上方的幽暗处，然后他又添了些新木柴。

自从离开瓦比诺什驿站之后，他曾反反复复从口袋里掏出那张地图。这一次他又掏出了它，待到他与母亲团聚之后，这张地图将引导他们去寻找黄金。引导他发现这张珍贵地图的竟然是一场梦，这让他此刻更加心神不宁。过了一会儿，他又看到了敏妮塔琪，不过这一次敏妮塔琪平静地和那个人一起坐在火堆边，他看到自己射出一颗子弹，子弹在印第安人头领向敏妮塔琪伸出长长手臂的时候，一下子打中了印第安人头领的脸。

他又拨弄了一下火堆，唤醒一只狗陪伴自己。后来他在穆阿奇和瓦比之间躺下来休息，试着进入梦乡。在随后的几个小时里，他仅仅睡了很短的时间。他不停地做梦，他一旦睡着，就会梦到敏妮塔琪。现在他看到敏妮塔琪坐在火堆前，宛如她就在自己眼前一样，她又一次挣扎着想从武诺咖结实的大手中挣脱掉。有一次，敏妮塔琪和强壮粗野的武诺咖之间的搏斗可怕得让他不忍心看下去。最后他看到武诺咖将敏妮塔琪搂在怀抱中，消失在了森林的黑暗之中。

这一次醒来之后，罗德再也睡不着了。刚刚过午夜，同伴们至少已经睡了四个小时了。再过一个小时，他就得喊他们起来。他静静地开始准备早餐，给狗喂吃的。一点半的时候，他摁住瓦比的肩膀把他摇醒。

瓦比坐起身子时,罗德喊道:"起床！该出发了！"

当穆阿奇和瓦比来到火堆边帮罗德准备早餐时,罗德试着压抑住自己的紧张。他决定不让他们知道自己梦到的场景,因为他们已经够担心的了。罗德第一个吃完了早饭,第一个把狗套到雪橇上,当穆阿奇在前面领着队伍穿越森林时,他就在穆阿奇的旁边,催促穆阿奇尽量跑得再快一些。

"穆阿奇,我们离营地还有多远？"罗德问道。

"四小时的路程,二十英里。"老领路人答道。

"二十英里？我们应该能在黎明之前到达吧？"

穆阿奇没有回答,但他加快了速度,雪松和香脂树林过后是一片开阔的平地。又过了一个小时,月亮照亮了荒原,然后,月亮越来越往西方沉落,夜色更深了,只剩下星星指引着这些赶路人。当星星也开始退去的时候,穆阿奇让气喘吁吁的队伍停在了一座山岭上,指着北方说道:"那片平原！"

好儿分钟的时间,三个人都静静地站在那儿,凝视着连绵不断延伸到哈得逊湾的无边无际的幽暗的荒原。再一次,罗德的血液为脚下和远方的浪漫而沸腾,想起这片荒原上的浪漫与神秘他就不由得颤抖。

在他前方,在北方夜晚的浓浓黑暗之中,沉睡着一个广袤的未曾被开垦过的世界,这片土地上过去的故事也尚无人知晓。这片沉默的大地上发生过什么样的地质变迁？这片沉默的大地上又埋藏着什么样的珍宝？半个世纪或者更久之前,他们在古老的小木屋中所发现的那几具骷髅的主人,曾冒着危险踏上了这片尚未有人涉足的荒凉原野,然后他们在幽深的黑暗之中，在几百英里之外的某个地方发现了黄金。罗德又想到敏妮塔琪，在某一处，在远方的某一个地方，敏妮塔琪就在那儿!

仅仅在一个星期之前，三位冒险家穿越了足下的这片土地，从嗜杀的武诺咖人那儿逃了出来。而现在，他们再一次穿过这片土地，这一次穿越而过的速度比上一次还要快，因为这一次他们带了狗。又过了快一个小时，穆阿奇跑步的速度慢得跟走路差不多了。穆阿奇时时刻刻警惕着周围，偶尔他会让狗停下来，独自一个人走在痕迹的左边或右边。他没有和自己的同伴说话，罗德和瓦比也没有向他提出任何建议。他们知道，大家正在接近武诺咖人的老营地。在自己的狗嗅着快要消失的气味的时候，经验丰富的猎人没有做出任何手势或发出声音，他们跟在穆阿奇的后面。最后一颗星星消失了，黑暗的夜色变得越来越浓。然后，东南方出现了黎明的第一线微弱的曙光，没过多久，天色就很亮了，穆阿奇重新开始了自己的行程。又过了几分钟，一丛香脂和云杉突然从他们前面的平原上冒了出来。罗德和瓦比刚开始的时候都没有辨认出来，后来老勇士穆阿奇停住了，他靠近这片阴影，然后脸上露出了胜利的喜悦。

"是营地!"瓦比激动地说。

"是营地!"穆阿奇转过身激动地冲着罗德说。

"罗德，以后就靠你了!"穆阿奇已来到了罗德身旁。

"是营地，"穆阿奇轻声说道，"可是敏妮塔琪的脚印在哪儿呢?"老勇士眼中喷发着怒火。

　　十几步之外是他们搭建的香脂棚屋，但是除此之外什么也没有。雪地上连一对脚印也没有，温暖的阳光已经将他们不久之前刚刚留下的痕迹融化掉了！

　　如果他们自己留下的脚印都已经消失了的话，那么敏妮塔琪那小巧的脚印又怎么可能会被找到呢？带着可怕的疑虑，罗德在内心深处祈祷着能够出现奇迹。

第四章　罗德追赶熊爪印

"我必须等到天亮一些的时候再行动。"罗德说道，他试着控制自己的情绪，找寻自己已经丧失的信心。

　　"先吃早饭吧。"瓦比建议道，"我们有冷肉，我们先把火点着。"

　　吃完饭后，罗德抓起猎枪，从森林里走出来。瓦比准备起身跟随罗德，但穆阿奇从后面把他拉住了，穆阿奇眼睛中闪着精明的光芒。

　　"他一个人去会更好些。"穆阿奇劝说道。

　　罗德从雪松中走出来，他远远看到一轮红日正在森林上方升起。那天下午他去打猎的时候就是像现在一样走着，然后就发现了敏妮塔琪的脚印。他看到了一英里之外积雪覆盖着的山岭，他就是在这个地方射杀了一只驼鹿。他匆匆赶往这座山岭，而此时穆阿奇和瓦比则带着狗和雪橇远远跟在他后面。到达山顶时，罗德已是气喘吁吁了。他急切地凝视着北方，那天下午他曾经去过北边，并且发现了奇怪的脚印。但是他所能辨认出来的东西现在都不见了，没有任何熟悉的路标或树木可以指引他。罗德徒劳地沿着山岭寻找以前在这里所留下的细小的标记，但是一切都已不在，阳光毁灭了他最后的希望。

穆阿奇和瓦比在山脚下，这让罗德有些欣慰，因为他知道，自己绝望得快要哭出来了，敏妮塔琪的命运就掌握在自己的手中——但是自己却失败了。他害怕将这一情况告诉自己的同伴，他害怕同伴们看到自己的脸庞。尽管他仍然像往常一样坚强而勇敢，但事实上却连想死的心都有了。

在他们绝望地搜索着熟悉的东西时，罗德的眼睛在无边无际的雪地上来回扫视着，他突然看到远处有什么东西在早晨的阳光下闪耀着，他张开嘴巴发出低声的欢呼。他想起，自己也曾看到过这一奇怪的光泽。罗德沿着山岭走向它，发现那是冻结在一块大石头一侧上的冰凌，一股泉水正从它的上面涌出。来不及等他的同伴一起，他匆匆沿着山岭快步走下去，穿过脚下狭窄的平地，健步如飞像只小鹿。五分钟后他到达了大石头那儿，他停了好一会儿，心脏几乎激动得快停止跳动了。他曾经就是在石头的那一边遇到奇怪的脚印的，现在雪地里已经找不到脚印了，但是他看到了指引自己的其他东西：一块大石头从白色的雪地中突兀而出，一棵枯死的白杨树立在前方半英里处，那是他曾走过的浓密森林的边缘处。

罗德转过身，向远远落在后面的穆阿奇和瓦比疯狂地挥舞着手臂，然后继续往前走，到达森林后，他再一次挥舞起自己的手臂，他高兴地大声冲着同伴呼喊。那里是一根木头，敏妮塔琪曾被强迫坐在这根木头上恭候掳走她的野蛮人。他发现了雪地里她曾经留下的那个斑点，就紧紧靠着这根突出的木头上！印第安歹徒和他们的俘虏曾在这里休息了一段时间,并生起篝火,雪地上留下了很多的踩踏的脚印,现在仍然清晰可见。

穆阿奇和瓦比到来之后,罗德把这些痕迹指给他们看。

好几分钟的时间,三个人都没说话。老领路人蹲伏在那儿,眼睛锁定在一英尺的面积上,他仔细检查了小空地的每一寸土地,在这片空地上,武诺咖人燃起过篝火。最后站起身的时候,他脸上露出惊愕的神情。

他们在雪地里模糊的脚印中发现了什么不同寻常的东西,甚至可以说是让人感到惊恐的东西。

"这是什么,穆阿奇?"瓦比问道。

穆阿奇没吭声,回到火堆残余的灰烬那儿,他再一次蹲下来, 比以前更为仔细地重复着奇怪的查看。当再一次站起身时,他的神情更加惊愕。

"只有六对脚印!"穆阿奇大声说道,"两对是驿站的向导人员的,四对是武诺咖人的!"

"可是受伤的邮差告诉我们说至少有十多个武诺咖人一起围攻了他们!"瓦比说。

老勇士咯咯笑起来,脸上露出滑稽的神色。

"邮差在撒谎!"穆阿奇断言道,"搏斗刚一开始他就逃跑了,然后他从后面被射中了!"他指着寒冷的森林深处说道, "那里没有太阳,很容易就能找到踪迹。"

现在,穆阿奇不再不安,他眼睛发着光,但是没有激动,而是充满了搏斗和坚定的怒火。罗德以前曾经看到过老勇士脸上的这种神色,那是他们两人一起拯救瓦比的性命的时候,而现在是他们要一起去拯救敏妮塔琪的性命。罗德知道这意味着什么。他们小心翼翼地穿过森林，他们的眼睛和耳朵都机警地注意着，正如穆阿奇所说的，野蛮人退却的痕迹相当清晰。他们带走了抢夺来的两辆雪橇，其中一辆雪橇上坐着敏妮塔琪。三人走了还不到一百步的时候，走在前面的穆阿奇停下来大喊了一声。雪地上横躺着一个人，已经没有了呼吸。穆阿奇翻转过他的脸看了一眼，这正是瓦比诺什驿站的邮差之一。

狗从邮差旁走过时，嗅着鼻子畏缩着，罗德则打了一个寒战。他不由得猜想敏妮塔琪现在的状况，他注意到路过邮差之后穆阿奇加快了自己的步伐。一小时之后，痕迹毫不中断地继续着。武诺咖人在狭窄的痕迹上行走着，一路纵队，两辆雪橇。过了一个小时，三人来到了另外一处营火的残烬处，旁边搭建有两座雪松枝条棚屋。这处雪地里的痕迹更加清楚，看起来是不久前才留下来的，但仍然没有被掳走的敏妮塔琪的脚印。罗德和瓦比发现，穆阿奇自己也无法解释突然出现的新的痕迹和痕迹上敏妮塔琪脚印的缺席。精明的老领路人再一次来到这处营地边。没有任何一个痕迹能够逃脱他的眼睛，任何一个痕迹或者断裂的木棍都被他仔细查看过。罗德知道，敏妮塔琪至少是在三天之前被掳走的，但这处营地旁边的痕迹顶多是一天前留下的，如果这些痕迹确实是那伙人留下来的，那么这意味着什么呢？

异常神秘的现象让穆阿奇生出莫名的害怕。歹徒为什么没有继续他们的潜逃呢？他看了一眼瓦比，瓦比跟自己一样也是一头雾水，同样有一种莫名的恐惧。

穆阿奇蹲在营火的残烬那儿,把手伸进残烬里,然后,他向盯着自己的罗德打了一个手势。

"武诺咖人昨天晚上在这里。"穆阿奇慢吞吞地说,"他们四个小时之前离开了营地!"

"这意味着什么呢?"

是不是敏妮塔琪受伤了,并且伤得很严重,因此武诺咖人不敢挪动她?

罗德不再想任何问题,但是他颤抖着。穆阿奇和瓦比带着怪异的不自然的表情,窃窃私语着什么。他们身边的一切都充满了神秘。他们意识到,不论发生过什么事情,他们都离野蛮人没多远了。每往前走一步,就离武诺咖人更近一些,因为痕迹越来越清晰。这时候出现了另外一声惊叫。

痕迹分成了两段!

在一片小空地的边缘处,武诺咖人分成了两股人马。一辆雪橇的痕迹往东北方而去,而另外一辆雪橇的痕迹往西北方而去!

敏妮塔琪在哪一辆雪橇上呢?他们茫然地互相看了看。

穆阿奇指着东北方的痕迹。

"我们必须找到敏妮塔琪的痕迹,分开去找吧!"

罗德赶着狗开始沿着最东边的痕迹出发。在空地的那一边,雪橇痕迹深入一丛淡褐色之中,他突然停住了,这天早晨他第二次惊讶地喊出了声。在一根突出的多刺的小枝上,阳光下闪耀着一束长长的头发,在风中颤动着。罗德伸出手接住这束头发,瓦比和穆阿奇也走过来摸了摸。罗德轻轻把发束捏在手指间,深陷的眼睛像红色的煤火球似的瞪得大大的。不用怀疑,这是敏妮塔琪的一束漂亮的头发,但让他们不解和恐惧的是头发的数量。突然,穆阿奇轻柔地一拉,发束从小枝上滑落下来。

然后他发出了他所知词汇中的唯一一个表示最高级别厌恶的词语,并拖长了声音,他只有在英语不足以描述情势的情况下才会使用这个词语,然后说道:"敏妮塔琪在另外一辆雪橇上!"

他让自己年轻的同伴看了看发束的末端。"看看!头发是被割掉的,不是被树枝扯断的,是武诺咖人挂在那儿的,用来制造假象。"

还没等其他人回答,穆阿奇就急奔回另外一条痕迹的路上,瓦比和罗德紧随其后。走了四分之一英里远,老领路人停了下来,兴奋地指着一个靠近雪橇痕迹的小小的脚印。几乎每隔一段固定的距离,敏妮塔琪的鹿皮靴脚印就会出现一次。显而易见,看守她的两个人走在雪橇的前面,敏妮塔琪寻找机会在雪地上留下了这些脚印,因为她知道瓦比他们会赶来营救她的。他们越走越远,通向东北方的那个痕迹已经被远远抛在了后面,这时候罗德心中生起莫名其妙的不安。"如果穆阿奇弄错了呢? 他是绝对相信穆阿奇的判断的,但他突然想起,既然武诺咖人能够割断敏妮塔琪的一束头发,他们同样也能脱下她的鞋子! 有好几次,他都想说出自己的疑虑,但他强忍着没有说出来,因为他看到瓦比和穆阿奇都信心百倍地沿着痕迹往前赶。

最后,罗德再也抑制不住自己。

"瓦比! 我要回去。"他轻轻在同伴身边说道,"我要回去,沿着另外一条痕迹去找。如果我沿着那条痕迹走上一英里或两英里仍然还找不到什么的话,那我就以两倍的速度赶回来撵上你们!"

瓦比劝他不要这样,但不起作用,几分钟之后,罗德已经出发了。穿过发现发束的灌木丛的时候,刚才的预感让罗德心跳加速、呼吸急促,他更加不安了。如果再走上一英里、两英里却仍然没找到任何踪迹该怎么办呢? 罗德回答不了这些问题,也不能停下来去思考这些问题。他不迷信,他不相信梦。但是每一次他都会毫无理由地确信穆阿奇弄错了,他相信这一次敏妮塔琪就在自己前方的雪橇上。

他所在的那片荒原变得越来越荒凉。石头山岭在他面前升起来,山岭被裂谷和溪谷撕裂开,春天的时候,里面肯定流淌着溪水。他沿着雪橇的痕迹往前赶去,比以前更快了一些,但却更加小心翼翼,他端好了猎枪,准备随时开枪。道路变得更为荒凉,有时候分辨不清方向。在翻倒的夹石之间,雪橇的痕迹又出现了,赶雪橇的野蛮人在选择前方空地的时候,一次也不会出错。渐渐地,雪橇的痕迹往上升,直到到达一座巨大山岭的顶端。几乎就在这条痕迹到达山顶的时候,另外一条痕迹从这条痕迹上横穿而过。

那是一只巨大的熊的足印!

温暖的阳光已经将熊从冬眠中唤醒,然后熊从自己的洞穴中走出来,短暂地离开了洞穴,罗德这样思索着。在熊横穿过痕迹的地方，雪橇的痕迹突然向熊的足印到来的那个方向延伸去。

罗德想都没想，就开始沿着熊留下的足迹往山岭下走，同时眼睛盯着雪橇的痕迹和遥远的森林。在山脚下，一棵倒在地上的大树横在路上，他从树干上翻过去的时候停了下来，发出一声惊呼。在熊爬过的这棵树干上，有一双人手的痕迹，人手的痕迹离熊在树干上抖落的残雪的斑点很近！

罗德一动不动地站在那儿，激动得几乎不能呼吸。四根手指和一根大拇指的痕迹清清楚楚地留在树干上，手指精巧细长，手掌小小的。显然，这不是男人的手印！

回过神之后，罗德向周围观察了一番。除了熊的足印外，雪地上没有任何痕迹。是不是自己弄错了？他再一次仔细查看了神秘的手印。凝视着手印的时候，他感到脊背发凉，他知道自己正在打寒战，尽管他已经在控制自己。他迅速沿着痕迹到达山顶，穿过雪橇的痕迹，再走下山岭，来到山岭另一侧的荒野中。他默不作声地往前走了一段路程，蹲在了一块大石头后面。他没有看到前方有什么走动着的东西，也没有听到什么声音，然而此时他却比以往任何时候都感到恐惧。

在他的前面，已经没有了熊的足迹，而是延伸着人的脚印！

国际少年生存小说典藏

第五章　罗德的殊死搏斗

过了好久，罗德才从大石头后面走出来，不是因为害怕，而是因为他需要好好想一想。如果瓦比和自己在一起的话，他会把自己的想法跟瓦比说一说。他都被自己所遇到的事情震惊了，他感觉到自己的生命中从来没有像现在这样需要控制住自我的时刻。他确信一件事情，这二者都与敏妮塔琪有关。

　　他继续往前追赶时，变得格外小心。每一次出现新的转弯时，他都会趴倒在大石头或者灌木丛后面，然后尽可能地向前方扫视那个峡谷，每过一小段距离他就会这样停下来观察。他左边的山岭几乎变成了一堵垂直的墙壁，第二座山岭从右侧包围过来，然后峡谷渐渐变得狭窄，后来狭窄到宽度只有一百英尺，并且狭窄的道路上也错乱地堆着许多石头堆，这些石头的年头显然都很久远。罗德正在追赶的神秘人物恰好就在这个孤寂的峡谷中。两边的峭壁如刀削一般笔直，神秘的痕迹将他从一堆混乱的石头堆引导到另外一堆石头堆。他从来没出过错。有一次，一块巨石把道路完全挡住了，就在这似乎无路可走的时候，罗德在花岗岩石壁上发现了一个缝隙，这个缝隙仅仅比他的身体宽了那么一点点，然后他就从这个缝隙小心翼翼地钻了进去。这个缝隙再次将罗德带到峡谷里面,然后罗德停下来休息了一会儿,将行李放在了脚下的雪地上。他往行李上看了一眼,然后就看到了雪地上清清楚楚的一只人手的痕迹!

罗德不再有任何疑虑,他确实是走在敏妮塔琪的俘虏者走过的道路上。歹徒把敏妮塔琪挟持在胳膊下,敏妮塔琪受伤了!也许她已经死了。再一次看到雪地上的手印的时候,他害怕得心脏又怦怦跳起来——伸长的手指,平坦而结实的手掌!只有活人的手掌才能留下这样的印痕。

与秋季的那一天在森林中为了敏妮塔琪而搏斗时一样,他现在没有一丝一毫的犹豫和害怕。他热血沸腾,充满力量,他渴望马上就可以为了拯救瓦比的妹妹而浴血奋战。他决定,如果机会来临的话,从伏击处向武诺咖人开枪,但如果有必要的话,他也并不害怕与武诺咖人进行短兵相接的肉搏战。他仔细看了看自己的猎枪,将大转轮弄松放在机架上,然后他看到自己的猎刀已经脱鞘。石壁裂缝往左边不远的地方,歹徒曾在那儿休息过,但是这一次,当歹徒继续往前走时,敏妮塔琪却走在他的身旁。

道路上新出现的奇怪现象让罗德感到奇怪,很久他都没能明白是怎么回事。敏妮塔琪的一只纤细的脚上穿着鹿皮靴,留下的脚印很清楚;而另外一只脚则在雪地上留下形状不规则的大斑点。然后罗德想起了此刻穆阿奇和瓦比正在追踪着的脚印,在这危急的时刻想到这儿,罗德还是忍不住轻轻笑了起来。他猜对了,武诺咖人脱掉了敏妮塔琪一只脚上的鹿皮靴,用这只鹿皮靴制造了一条通往西北方的虚假的痕迹。自己面前这些形状不规则的痕迹是敏妮塔琪脱掉鹿皮靴的那只脚留下的,因为那只脚太冷了而裹了一团布或兽皮。

罗德很快就发觉,歹徒与敏妮塔琪逃跑的速度越来越快,因此他加快了自己的步伐。峡谷间变得越来越荒芜,但逃亡者的痕迹总是通往隐蔽的缝隙,这些缝隙狭窄得只能刚好穿过,他紧张得不敢出气,担心随时会发生什么事情。

罗德突然停住了。他屏住呼吸仔细聆听,他确定自己听到了前面的什么声音,但那声音却再也没有响起。也许是动物吧,狐狸或者狼爬上了一块从陡壁上滑落下来的石头上了吧?他慢慢往前走着,聆听、观察着。又走了几步,他停了下来。空气中有模糊的可疑气味,在一块大石头后转身的时候,他的鼻子被这种气味给填满了,刺激的烟雾的味道与雪松燃烧的甜美的味道混合在一起!

他的前方有一团火,距离自己仅仅一射程。

他静静地站在那儿,犹豫着是否要往前再迈出一步,然后他决定匍匐前进,再一枪射死歹徒。没有警告,没有争吵,没有谈判,他要一枪射死歹徒!他一步一步匍匐前行着,就像潜行的狐狸一样。更加刺鼻的烟雾飘过来,他看到头上有一层薄薄的烟雾慢慢地浮在峡谷上。前面有一大堆石头挡住了自己的道路,这层薄雾是从这堆石头的另一侧飘来的。罗德将猎枪半端在肩上,从石壁的缝隙中穿过去,然后在缝隙的末端处,罗德小心翼翼地往外窥视,每次都把自己的脸往外露出一英寸[1]。他的

---

[1]英美制长度单位,1英寸约为2.5厘米。

视野变得越来越宽阔，前面没有道路，歹徒和他的俘虏就在石头的后面！

他把猎枪端在胸前，大胆地往前走然后向左转。二十英尺之外，一座小木屋隐藏在一块块翻倒的大石头中间，小木屋上正升起一柱青烟，这柱青烟像可怕的螺旋一样，一直飘到峡谷石壁的一侧，除此之外没有任何生命的痕迹，也没有一丁点的声音。罗德的无名指在他的猎枪上颤抖。他得再等等，等到歹徒出来的时候再动手。他站在那儿，半分钟，一分钟，两分钟，仍然听不到任何声音，也看不到任何人或动物。他向前迈出了一步，再迈出一步，又迈出一步，直到他看到小木屋的门打开了。他站在那儿，端平了猎枪，小木屋里面传来模糊的呜咽声，呜咽声就像一只强有力的大手在拉着他一样，他猛地跨步冲到了门边。

小木屋里只有敏妮塔琪一个人！她蹲伏在地上，漂亮的头发乱蓬蓬地搭在肩上，脸色苍白得如白纸一般，她吃惊地盯着罗德，罗德犹如幽灵一般出现在她的面前。

刹那间罗德就到了敏妮塔琪身旁，蹲在了地上。在这一小会儿的时间里，罗德放松了警惕，直到敏妮塔琪发出惊慌的呼叫声时，他才转过身，朝着门站了起来。一个人正站在门口，准备向自己扑来，这个人的面容是他所见过的最凶恶的。他瞬间看到的这个面目可憎的高大的印第安人举起了寒光闪闪的刀子。在这命悬一线的危急关头，罗德来不及思考就一下子趴在了地上，他的这一举动救了自己。毫无疑问，这个凶恶的人就是武诺咖。武诺咖咆哮着向自己扑来，刀子扎偏了，武诺咖被趴在地上的罗德绊倒了，跌倒在罗德的身旁。

　　几个月艰辛的荒原冒险生活已经把罗德的四肢锻炼得像山猫一样敏捷，像钢铁一样结实。罗德没有站起身，而是直接扑向武诺咖，将自己寒光闪闪的刀子捅向武诺咖的胸口。武诺咖反应很敏捷，他腾地一下把身子往后一仰并闪到一边，罗德捅向武诺咖的刀子捅在了地上。随后，两个人互相都掐住了对方的脖子，谁也没法使用手中的刀子，因为一旦使用刀子的话，就会给对方制造攻击自己的机会。

　　在暂缓的片刻间，死亡随时都有可能出现，罗德迅速思考着：此时，罗德面对着武诺咖并趴在了武诺咖的身上，而武诺咖则仰面躺在地上，罗德的一只手掐住了武诺咖的脖子，武诺咖的一只手也掐住了罗德的脖子，武诺咖拿刀子的那只手伸到了自己的头后面，罗德握着刀子的那只手则摁住了武诺咖拿刀子的这只手的手腕。一旦罗德拿刀子的这只手松开武诺咖的手腕，武诺咖就会直接把手中的刀子刺向罗德，而罗德自己则需要把刀子往回收一点才能刺向武诺伽。也就是说，罗德的刀子刺中武诺咖之前，自己会先被武诺咖刺中。罗德打了个寒战，他明白自己在这种形势下是多么危险，如果他继续保持着这个姿势的话，不仅自己会死掉，敏妮塔琪也会重新落入武诺咖的魔掌之中。

　　现在只有一个办法，那就是突然撤回身子，至少是要突然之间松开手并拿起自己的手枪。他正准备这样做的时候，他的头稍稍偏了一下，看到了敏妮塔琪。敏妮塔琪已经站了起来，罗德看到敏妮塔琪的双手被捆在了背后。敏妮塔琪也意识到了罗德的不利形势，她大叫一声冲向武诺咖，用脚狠狠地踩在武诺咖拿刀子的那只胳膊上。

"快啊！罗德！"她喊道，"快打！快打！"

粗壮野蛮的武诺咖大叫一声挣脱了罗德，他用尽全身的力气摇摇摆摆地把刀子刺向罗德，此时，罗德的刀子已经刺中了武诺咖的胸口，而罗德的肋下也被刺了一刀。罗德尖叫一声，趔趔趄趄地站起身来，武诺咖的刀子从他肋下脱落，鲜血一下子流了出来。罗德强撑着从武诺咖身上抽出刀子，割断了敏妮塔琪胳膊上捆绑着的绳子。

然后罗德感到天旋地转，四肢无力。他意识到自己快要摔倒了，他还意识到，有一双胳膊抱住了自己，从很远很远的地方传来一个声音在呼唤自己的名字。然后他似乎就陷入了深深的没有痛苦的睡眠之中。

他清醒过来的时候，门仍然打开着，他从门口看到了白色的雪地。一只手轻轻抚过他的脸颊。

"罗德！"

敏妮塔琪在轻声喊他，语气中满是喜悦和放松的颤抖，罗德笑起来，他虚弱地抬起一只手，摸了摸眼前那个白白的甜美的脸庞。

"看到你真高兴，敏妮塔琪——"他吃力地说道。

敏妮塔琪将一杯水送到他的唇边。

"千万别乱动！"她轻柔地说道，"你伤得不算重，我已经包扎好了。但是你不要乱动，也不要说话，否则就会流血。"

"可是我真的很高兴，看到你，敏妮塔琪——"罗德固执地说，"你知道我们打猎结束后回到瓦比诺什驿站，发现你不在的时候我有多难过吗？瓦比和穆阿奇——"

"嘘——"敏妮塔琪伸出手盖住了他的嘴唇。

"罗德，你必须安静！你竟然能找到这儿来，你知道我有多惊讶吗？但你现在先不用跟我说这些，你听我说，好吗？"

敏妮塔琪的目光不自觉地离开了罗德的脸，罗德的目光随着她的目光望去，他看到地面中央处杂乱地卷着一张毯子。罗德一阵震颤，手都哆嗦了，敏妮塔琪迅速把头转向罗德，脸比以前更苍白，眼中噙着泪水。

"是武诺咖。"她低声说道，语气有些颤抖，"是武诺咖，他已经死了！"

罗德现在明白了她脸上的表情。武诺咖，这个印第安民众中的复仇者，这个发誓要对瓦比诺什驿站进行复仇的歹徒首领，这个杀人无数且让血腥的阴云长年累月笼罩在驿站站长和他的妻儿头顶之上的武诺咖，现在已经死了。罗德上一次将敏妮塔琪救出来，现在又杀死了武诺咖。罗德忍着疼痛笑了笑，说道："我很高兴，敏妮塔琪——"

话还没说完，就从门口传来轻轻的咯吱咯吱声，然后穆阿奇和瓦比就出现在了小木屋中。

第六章　死亡的阴影

敏妮塔琪的哥哥瓦比和老印第安人穆阿奇突然出现,罗德微微地抬起虚弱的上半身,高兴得把头伸出来,然后又缩回毯子中,他听到敏妮塔琪警告他别乱动,然后就又不省人事了。似乎过了很久,他才重新听到其他人说话的声音,他想强打起精神睁开眼时,听到耳畔有人柔声告诉他要安静。那是敏妮塔琪的声音,他听从了她。

　　过了一会儿,他又听到了敏妮塔琪的声音,他动了动,睁开眼睛。他感觉到敏妮塔琪温柔的小手在抚弄着自己的额头和头发,好像在哄他入睡,他看到穆阿奇蹲在自己身边,这位老勇士像猞猁一样蹲伏着,眼睛直直地瞪着他。这样的目光吓到了罗德。罗德以前曾在穆阿奇的脸上看到过这样的目光,那是当这位印第安人想起自己的亲人受伤的时候。现在罗德又看到了这样的目光,这目光正盯着自己,他知道,自己已不仅仅被穆阿奇视作是朋友,还是亲人。

　　敏妮塔琪柔软的小手和穆阿奇蹲伏着的姿势所表现出的忧虑让罗德打了一个冷战,罗德说了短短一句话,让他们意识到自己已经苏醒过来:

　　"嘿!穆阿奇!"

穆阿奇离罗德更近了一些,默默地蹲在那里,面部肌肉高兴地抽搐着,眼睛发着光,他蹲伏了一会儿后瓦比过来了,俯下身冲着罗德幸福地笑了起来,然后他被敏妮塔琪从后面拉住了手,敏妮塔琪冲着他说:"嘘——"

"你对了,我错了!"罗德听到穆阿奇如是说道,"你救了敏妮塔琪,杀死了武诺咖。你做得很好,真厉害!"

穆阿奇还想再说下去,被敏妮塔琪拉了回去,然后敏妮塔琪把一碗泉水递到了罗德嘴边。罗德发热了,这碗水给了他新的力量。他把脸转向敏妮塔琪,冲着她笑了笑。他试着坐起来,敏妮塔琪把一条毯子垫在他的背后,这样他就能坐直了。

"你的伤没有我想象的那么严重,罗德。"她说道。"也就是说,你的伤不是很危险。穆阿奇已经重新包扎了你的伤口,你很快就会好的。"瓦比凑过来,抱住自己的妹妹,十分激动。

"罗德,你是个英雄!"他轻轻说道,握紧了罗德的手。

罗德的脸红了,眼泪快要流出来了,他赶紧闭上了眼睛。接下来的十五分钟里,敏妮塔琪准备了咖啡和肉,而穆阿奇和瓦比则在外面照料拉雪橇的几只狗。

"如果明天你好转一些的话,我们就把你带回凯诺加米驿站。"敏妮塔琪对罗德说,"然后你就可以给我讲述你在这个冬季的冒险故事。瓦比已经给我讲了不少你同印第安人搏斗的事情,也讲了古老的骷髅和失落的黄金的事情,这一切都让我激动不已。我想让你以后去寻找黄金的时候把我也带上!"

"天哪!但愿我们可以带上你!"罗德热情地说,"敏妮塔琪,你好好劝一劝瓦比。"

"你也劝劝他,让我跟你们一起去,可以吗,罗德? 但是,我可不认为你能劝服得了他。爸爸和妈妈都很害怕我会出什么意外,因此在你们回来之前他们把我从瓦比诺什驿站送走。这些印第安人的敌意比以前更强烈, 爸爸妈妈本来以为我在可尼嘎米驿站会安全些。我真希望爸爸妈妈允许我跟你们一起去冒险! 我喜欢追赶猎熊、狼和驼鹿,我喜欢帮助你寻找黄金。罗德,请你好好劝劝瓦比! "

在这一天,当罗德强壮得可以站起来的时候,他真的请求让具有一半印第安人血统的敏妮塔琪陪伴他们一起去冒险。但是瓦比坚决拒绝了这个请求,甚至根本就不去谈这个话题,穆阿奇得知敏妮塔琪的要求后, 露出牙齿惊愕地咯咯笑了整整半个小时。

"敏妮塔琪是个非常勇敢的女孩! "他对罗德说道,"但是她可能会葬身荒原! 你想让敏妮塔琪死在那儿吗? "

罗德向瓦比保证,他不会带敏妮塔琪一起去,然后这个话题才结束了。

发生在这座古老的小木屋里的一天一夜, 是罗德的记忆中最为愉快的一段,尽管他的伤口隐隐作痛。一堆干松木和杨木在石头火炉中燃烧着,敏妮塔琪告知大家晚饭做好了,然后罗德第一次被允许离开自己的床铺。

这一天中的绝大部分时间,瓦比和穆阿奇都在峡谷中搜索,他们沿着山峦寻找印第安歹徒的同伙的踪迹,但最终什么也没发现,倒是徒增了他们的恐惧。事情看起来很神秘,毫无疑问古老的小木屋是一个只有武诺咖自己知道的地方。

四个人坐在散发着温暖的火光的火堆边，吃着东西喝着饮料，他们把这次惊险经历讲了一遍又一遍，不放过任何一个细节。敏妮塔琪描述了自己被俘的情况，解释了武诺咖人大屠杀之后逃跑得很慢的原因：武诺咖病了，他拒绝离开屠杀现场，直到他完全恢复体力之后才离开。

"可是武诺咖为什么要杀死那个躺在道路上的印第安人？"罗德问道。

可怕的场景重现浮现在敏妮塔琪眼前，她打了一个寒战。

"我听到他们在吵架。"她说，"但是我听不太明白，我只知道是关于我的。两辆雪橇"分道扬镳"之后，我们走了不长的一段距离，然后在我前面的武诺咖就转过身子冲着另外一个印第安人的胸部开了一枪。太可怕了！然后他继续往前赶路，冷酷得好像什么事情也没有发生一样。"

"我很好奇他是怎么使用熊爪的？"罗德问道。

"那些熊爪是很大的套子，武诺咖能把自己的脚和鹿皮靴等都塞进去。"敏妮塔琪解释道，"他告诉我说，狗会带着雪橇往凯诺加米驿站而去，如果追赶我们的人跟踪我们的话，他们会跟踪雪橇的踪迹走，不会想到要跟着熊爪的踪迹走。"

穆阿奇听了哈哈大笑起来。

"他瞒不过罗德！"他说道，"没有人能愚弄得了罗德！"

"特别是他在追赶敏妮塔琪的路上时！"瓦比幸福地笑了。

"你们已经放弃希望之后，难道不是罗德发现失落的黄金的秘密的吗？"

失落的黄金！这句话从敏妮塔琪口中脱口而出,穆阿奇和
两位年轻冒险家的心颤抖着。夜色已经包围了他们,只有跳动
的火苗照亮着古老的小木屋。四个人已经吃完了晚饭,当他们
靠近火堆时,都沉默起来。罗德朝瓦比望去,瓦比青铜色的脸庞
有一半都隐藏在跳动着的阴影中。然后他又看了看穆阿奇,穆
阿奇满是皱纹的脸像红铜一样泛着光,这时候的穆阿奇正盯着
火苗儿,像一只机警的动物似的。是敏妮塔琪让穆阿奇重新欢
快和骄傲起来。敏妮塔琪的目光被吸引到穆阿奇这儿,她的眼
睛像幽暗处闪耀着的星星一样明亮。穆阿奇知道她之所以以这
种方式盯着自己看,是因为他是她的英雄。

好几分钟的时间内,都没有人打破寂静。火焰慢慢减弱,
老木屋角落里的幽暗又变得浓厚了, 人脸变得越来越像可怕
的阴影, 这让罗德想起第一次看到几英里之外的另外一座古
老小木屋中的古老的骷髅的情景。然后瓦比说话了,他一边拨
弄着炭火,一边添加着新的木柴。

"是的,是罗德发现了地图,敏妮塔琪。"他蹲在妹妹身旁,
掏出一张珍贵的地图的副本, 这幅地图是从骷髅手中取出来
的。敏妮塔琪惊呼着把地图接在手中,冒险者们把他们激动人
心的故事中的一个又一个冒险经历都讲给她听, 直到后半夜
天色微微发白为止。

敏妮塔琪让罗德把他在神秘峡谷中的冒险经历讲了两
遍,当罗德讲到那个黑暗的夜晚的恐怖事情和奇怪的声音的
时候,罗德感到有一只羞怯的小手拉住了他。在瓦比继续讲着
故事时,讲述骷髅手中的地图时,讲述地图所揭示的凶杀和悲

剧时,敏妮塔琪紧张得呼吸急促。

"春天的时候你还会回去,对吗?"敏妮塔琪问道。

"对,春天的时候!"罗德答道。

正如在驿站时他所做的那样,瓦比催促罗德请人去文明开化地区把自己的母亲接来,而不是自己回去看母亲。他催促说,这样就可以节约很多时间,然后在几个星期之内他们就能踏上寻找黄金的征程。但是罗德很坚定地否决了这一建议。

"这样做对母亲来说太不公平了。"他断言道,"我必须先回家一趟。"

正当罗德在这里坚定地说着自己的计划的时候,命运正在暗地里编织一张网在等待着他陷进去。他们道别晚安的时候,罗德的朋友敏锐的眼睛已经第一个看到了这种迹象。拉沙热病已经光顾了年轻的罗德,这种病一旦染上就意味着死亡,除非附近有医生,因为这种热病恶化得很快。即便是穆阿奇这位在大自然中摸爬滚打了半个世纪之久的老人,他在北方广袤的荒原中学了无尽的本领,也对这种病无能为力。

因此,罗德又缩在了毯子下,紧急赶往凯诺加米驿站的旅程启动了。这一行程的重要性,罗德只能猜测,因为他不知道死神正在身后紧紧追赶着自己,然后他就陷入了好几个昼夜的精神错乱中。

一天早晨,他从一场噩梦中醒来了,在这场噩梦中自己一直都在被炙烤着,当自己睁开眼睛后,他看见敏妮塔琪正静静地坐在自己身旁,敏妮塔琪的手正轻轻地抚摸着自己的前额。从这一天开始,他迅速恢复着体力,但是直到一个月之后才能够坐起来，又过了两个月才能够站起来。

有一天早晨，敏妮塔琪带着巨大的惊喜冲他走来。罗德从没有见到过敏妮塔琪像今天这样漂亮和羞怯。

"有一件事我一直瞒着你没说，你会原谅我吗？"她问道，还没等罗德回答，她就继续说道，"在你病得不行的时候，我们都误以为你会死去，所以我就给你母亲写了一封信，请人赶一辆雪橇把信送给你的母亲。啊，罗德！当时我不得不这样做啊！即使你会责骂我。你的母亲已经来了，她现在就在瓦比诺什驿站！"

好一会儿，罗德都呆呆地站在那儿，然后他欢呼起来，瓦比很快被他的欢呼声吸引了过来，看到他正围绕着敏妮塔琪欢呼雀跃。

"我原谅你！"他一遍又一遍地欢呼着，"敏妮塔琪，你太棒了，你太棒了！"

瓦比在得知罗德兴奋的原委之后，也跟着他一起欢呼起来，他们的欢呼声都快把凯诺加米驿站的房子震塌了。穆阿奇也过来与他们一起分享快乐，瓦比抱紧了妹妹在她的脸上亲了又亲，敏妮塔琪漂亮的脸蛋像一朵红红的野玫瑰。

"哇哈哈！"瓦比一次又一次欢呼着，"这就是说，我们在两个星期之内就可以开始寻找失落的黄金了！"

"这就是说——"罗德也高呼起来。

"这就是说，"敏妮塔琪打断了罗德的话，"这就是说，你们都很高兴，但我除外，我要陪你的母亲。你们都要远去了，只有我一个人得留下来！"

敏妮塔琪已经没有了笑声,她转过脸的时候,罗德和瓦比停止了欢呼。

"对不起。"瓦比说,"可是,我们也无能为力。"

穆阿奇故意岔开话题:"你们看,太阳多么灿烂!冰雪正在消融,春天已经来临!"

第七章　追寻黄金

太阳一天比一天升得更早,白天变得更长,天气也更加温暖。随着天气渐暖,草木的新芽的甜美气味也开始弥漫在空中,森林里那些在大雪中冬眠了整整一个冬季之久的动物也已从酣睡中醒来,重新"抛头露面",发出了嚎叫声或低吟声。灰噪鸦从早到晚都在树枝上和空中叽叽喳喳地向异性卖弄着自己的歌喉,松鸦和渡鸦在阳光下抖着自己的羽翼,雪鸟也变得越来越少,终于有一天它们全都不见了。之前,这种黑白花斑的小巧的雀鸟总是像一颗颗闪光的宝石一样在雪地上跳跃着。白杨树快乐地发出了越来越多的萌芽,这些萌芽就像肥硕的豌豆一样裂开了,然后鹧鸪就成群地落在白杨树上。

　　熊妈妈从冬眠的洞穴中走了出来,身后跟着两个月前刚刚出生的小熊崽,熊妈妈教自己的孩子如何掀倒树苗采食嫩叶;驼鹿从冰雪覆盖着的高大山脊上走下来,这些高大的山脊在北方被称作山岭,驼鹿就是在山岭上度过冬季的。驼鹿的后面跟着几匹狼,体弱多病的驼鹿会被这些狼逮住。到处都是融化的雪水在湍急地流动,到处都是破碎的冰凌,岩石、大地和树木上的寒霜正在消退,每天晚上寒冷而苍白的北极光都会向北极移动,光芒也一晚比一晚暗淡。

春天已经到来了,此时的瓦比诺什驿站格外热闹,因为罗德和他的母亲团聚了。让我们把罗德与母亲、敏妮塔琪及驿站站长乔治·纽瑟姆的妻子在哈得逊湾驿站首次团聚之后的十天之内的故事一笔带过吧;让我们把那些追击武诺咖人并且在小木屋中多亏了罗德的殊死搏斗而圆满完成任务的士兵离开这儿的故事也一笔带过吧;让我们把这几位猎人为寻找黄金而进行的准备活动也一笔带过吧。

四月的一天晚上,瓦比、穆阿奇和罗德又聚集在了罗德的房间里。翌日清晨,他们就要开始漫长而刺激的北方之旅了,出发前的最后一个晚上,他们仔细地检查了自己的装备和计划,防止有什么遗漏。这一夜罗德失眠了,人生中的第二次冒险活动让他兴奋不安。

瓦比和穆阿奇走后,罗德又一遍遍地研究了那张宝贵的地图,直看得两眼生疼,然后罗德就进入半睡半醒之中。但即便此时,他的大脑仍在不停地思考着,他又看到了浪漫的破旧的小木屋,他又看到了桌子上那个装满金块的朽烂的鹿皮袋。拂晓之前,天上的星星尚未退去,罗德就已经起床。驿站的大餐厅里,罗德他们三人与即将分别好几个星期甚至几个月之久的亲人们围在一起共进早餐,这个大餐厅的历史已有二百年之久,一个又一个驿站站长和他们的家人在这里生活了一代又一代。站长故意大声嚷嚷着说话,露出高兴的神色,想让罗德的母亲和自己的妻子不至于情绪低落,敏妮塔琪也强颜欢笑,因为她的眼睛红红的,所以每一个人都知道,她刚刚哭过。早饭结束时罗德很高兴,三人离开驿站走入清冷的旷野,来到湖边,盛满旅途用品的大皮划艇正整装待发,三人向两位母亲最后挥手告别之后,罗德总算松了口气。但是敏妮塔琪一直跟到了皮划艇边,瓦比拥抱她的时候,她一下子哭了起来。罗德握住敏妮塔琪有力的小手,将它放在自己的胸前,罗德感到喉咙里痒痒的。"再见了,敏妮塔琪。"他低声说道。

罗德转过身去,坐在了皮划艇的正中间,瓦比又喊了一声再见,之后就开船了,皮划艇飞快地划入氤氲的湖中。

良久,三个人都沉默不语,三只木桨有节奏地划着水。敏妮塔琪微弱的呼唤声再一次传来,三人高声应答着,然后,便再也听不到敏妮塔琪的呼唤声了。过了一会儿,罗德说道:"天哪! 这一声呼唤是整个旅程中最艰难的部分!"

罗德的话将三人脸上的不悦一扫而光。

瓦比说:"每次与敏妮塔琪分别时我都万分难过,有朝一日,我会带着她跟我一起去探险。"

"她可是一个厉害的姑娘!"罗德热情地喊道。

穆阿奇在皮划艇的船尾处咯咯笑了起来。

"敏妮塔琪会打枪,会追赶猎物,厉害得很!"穆阿奇补充道,罗德和瓦比听了都哈哈大笑。瓦比划了一根火柴,看了看自己的指南针。

"我们直接从尼皮贡湖的湖心穿过去,而不是沿着湖畔走。你觉得怎么样呢,穆阿奇?"瓦比回头问道。

这位经验丰富的领路人沉默不语。瓦比惊愕地停下了手中的木桨,重复了一遍刚才的话。

"你觉得这样安全吗?"穆阿奇用唾沫沾湿了手指的一侧,

然后将手指高举在头顶之上。

"是北风,风可能不会变大,但是——"

"如果是北风的话,"罗德疑虑重重地看了看满负重载的皮划艇,插话道,"我们就有点麻烦了,这是一定的!"

"沿着岸边划的话,需要今天一整天再加上明天一个上午,我们才能到达对岸!"瓦比催促道,"如果从湖中心直接划过去,今天傍晚之前就能到达对岸。我们冒险闯一闯吧!"

穆阿奇嘀咕了一声,显然是不同意这么做,当脆弱的皮划艇直接驶入广袤的湖水中央的时候,罗德不由得打了个寒战。三人稳健地划着桨,皮划艇以每小时四英里的速度全力驶向湖中心,等到天大亮时,瓦比诺什驿站那边湖岸上的森林已在视线中模糊了。

当太阳升起来之后,看到温暖而灿烂的阳光洒在银光闪闪的湖面上时,罗德心中的忧虑一下子烟消云散了。阳光驱散了空气中的清冷,带来了远处森林中甜美的芬芳。罗德愉快地划着桨,清晨的湖水是这么怡人,罗德的手臂有用不完的力气,他宛如一个力大无比的巨人。瓦比吹起了口哨,然后一遍遍地唱起印第安歌谣,罗德也跟着唱起扬基小调和星条旗之歌,就连一向沉默寡言的穆阿奇也不时地大声欢呼起来,以示自己与罗德和瓦比一样高兴。

三个人都在想着同一件事情,他们已踏上了最为激动人心的旅程——寻找黄金的旅程。他们身上带着一笔巨额财富的秘密,浪漫、惊险和新发现都在等待着他们。广袤而寂静的北方荒野就在他们的前方,那是一片荒凉、古老、神秘的土地,在那片土地上，北风将会向他们讲述很多年前发生在那儿的奇异故事。他们即将置身于北方荒野的神秘之中，在这片荒野上寻找黄金，一想到这儿，他们就热血沸腾、欢呼雀跃。他们将会发现些什么？他们又会错过些什么？在那片只有野生动物居住的未知世界中，他们将会遭遇什么样的惊险呢？那可是一片荒无人迹的未曾被探索过的土地啊！这样的念头一个又一个地浮现在三位冒险家的脑海中，这让他们划桨划得兴致勃勃，他们的每一次呼吸都充满了愉悦。

湖面上有很多鸭子，个头很大的黑色鸭子、绿头鸭、蓝嘴雀和白颊凫不时地在他们附近飞起。然后他们看到前方湖面上有一群异常大的鸭子，他们立马取出猎枪乱射一通。罗德和穆阿奇每人射死了两只，瓦比射死了三只，然后穆阿奇制止了他们。"不要把子弹过多地浪费在鸭子身上！"他劝告道，"我们得留着子弹打大猎物。"

上午的行程中，他们歇息了几次，然后中午时，他们停下来休息了一个多小时，饱餐了在瓦比诺什驿站准备好的午饭。现在，他们已经能够清楚地看到对岸了，重新划动皮划艇启程时，每个人都用急切地目光寻找着奥姆巴贝卡的入口，去年冬天他们就是从奥姆巴贝卡的入口处开始他们的冒险之旅的。瓦比久久注视着湖岸边的一条长长的白色带状物，然后呼唤同伴们也去看。

"它好像在移动。"瓦比扭过头对穆阿奇说，"它有可能是——"瓦比疑惑地停下了话。

"是什么？"罗德问道。

"可能是天鹅。"瓦比说。

"天鹅!"罗德大呼道,"天哪!有这么多天鹅吗?""

"湖面上天鹅多的时候能有好几千只呢!"瓦比说,"我曾经看到过白花花的天鹅把整个湖面都盖满了,眼睛都看不到白色的尽头呢。"

"天鹅多得你数二十年都数不完!"穆阿奇以肯定的口吻说道,然而没过一会儿,穆阿奇就说,"那不是天鹅,是冰凌!"

穆阿奇说出最后三个字时,显得颇不高兴。罗德并不知道冰凌意味着什么,但他注意到瓦比和穆阿奇一下子都紧张起来。没过多久,瓦比和穆阿奇紧张的原因就被揭晓了。

又过了半个小时的轻松活泼的划桨之后,他们划到了冻结的冰凌的边缘处,从这儿到湖岸处的湖面上全都结着一层冰,足足有四分之一英里。左右两个方向上,结冰的湖面都延伸到了他们的视野之外。瓦比神色沮丧,穆阿奇坐在那儿,把木桨放在膝盖上,一声不吭。

"怎么回事?"罗德问道,"我们能不能从冰上走过去?""

"从冰上走过去?"瓦比大声说道,"能过去,不过恐怕得到明天了,或者后天才能过去!"

"你是说我们不能从冰上走过去?"

"冰凌的边缘处已经开始融化了,这正是目前我们的困境所在。"

皮划艇已漂到了冰面的边缘处,罗德开始用木桨捣冰凌。两英尺的区域上,冰凌变成了许多个碎块,但是再往里面,冰面就变得更结实了。

"我认为,如果我们再把冰面往前打通一个皮划艇这么长的距离,然后里面的冰面就结实得能够支撑起我们了。"罗德说道。

瓦比拿出了一把斧头:"让我们试试吧!"

穆阿奇摇了摇头。但是,瓦比固执地否决了经验丰富的领路人的判断,这是这一天中瓦比第二次否决穆阿奇的判断,瓦比这样的行为是罗德以前从没见过的。瓦比一点点砍凿着皮划艇前面的冰块,然后脆弱的皮划艇进入到砍开的冰面之间。瓦比在船头蹲稳了身子,然后小心翼翼地把脚踏在了冰面上。

"我上来了!"瓦比兴奋地嚷道,"该你了,罗德,小心点!"

随即,罗德也站在了冰面上,之后所发生的一切犹如一场噩梦。先是他们脚下的冰面裂开了一条细缝,他们无比担忧。瓦比本来还在嘲笑罗德,因为罗德一脸的恐惧,瓦比正喊着罗德的名字时,冰面发出一声巨响,整个冰面就陷了下去,他们一下子就落入了冰冷的湖水中。罗德看到的最后一幕是他朋友恐慌的脸庞正从破碎的冰凌间沉入水下;罗德听到穆阿奇发出一声尖厉而恐怖的呼喊,然后他明白冰冷的湖水已淹没了自己,瓦比在水下拼命地扑腾挣扎着。

罗德想浮出水面,恐慌之中,他想到了巨大的冰面。如果钻到了冰面底下,会如何呢?自己该往哪边去才对呢?瓦比睁开眼睛,无尽的黑暗和混沌包裹着自己,每一秒钟比一年还要漫长。他感觉脑袋快要被撕裂了,他想张开嘴呼吸,但张开嘴就意味着死亡啊!他的头碰到了什么东西,是冰块!他跑到冰面下面了,跑到冰面下面就意味着死路一条啊!

他开始慢慢地往下沉,好像有一只看不见的手正拉着他,他在绝望之中进行了最后一次的疯狂努力,盲目地扑腾着,他知道下一秒无论如何得张开嘴才行。即便是在水下,他仍然能够意识到自己应该大声呼喊,他感觉到第一股湖水流进了自己的肺里。但此时他不知道有一只长长的胳膊正伸向冒出气泡的水下,他也感觉不到一只手正抓紧了自己把自己往冰面上拖。他重新感受到生命存在的第一个感觉是自己的胃上被压了一个沉甸甸的东西,自己被又揉又打的,好像变成了大狗熊的玩物。然后他就看到了穆阿奇和瓦比。

"你去点一堆火。"他听到穆阿奇说道,然后他听到瓦比飞快地向岸边跑去。他知道他们仍然在冰面上。皮划艇已经被拖到十多英尺之外的安全的地方了,穆阿奇正从皮划艇上往外拿毯子。穆阿奇转回头时,发现罗德正用胳膊肘托着头看着自己。"瓦比说你差点就没命了!"穆阿奇笑了笑,将一只胳膊伸到罗德的肩下支撑着他。

在穆阿奇的帮助下,罗德站了起来,穆阿奇将一张厚厚的毯子披在了罗德身上。他们慢慢地向岸边走去,过了一会儿,瓦比跑过来迎接他们,他浑身湿漉漉的。

"罗德,等我们身上暖和之后,我想让你揍我一顿。"瓦比恳求道,"我想让你狠狠地揍我一顿,然后我再狠狠地揍你一顿。从今天开始,当我们再做了什么穆阿奇不允许的事情后,我们就再揍对方一顿!"

"谁把我们从水里拉出来的?"罗德问道。

"当然是穆阿奇了,你揍我一顿好吗?"

"一言为定!"

两位打着冷战的湿漉漉的年轻冒险家握了握彼此的手,穆阿奇在旁边捧腹大笑,最后罗德和瓦比也跟着笑了起来。

第八章　黄金子弹

在一堆木头搭起来的篝火前，罗德和瓦比重新看到了生活中欢乐的一面。没过多久，穆阿奇用香脂树搭好了一座小棚屋，罗德和瓦比在小屋里脱掉衣服，用毯子把自己裹住，而穆阿奇则在一边烘烤着他们的衣服。两个小时后，他们才穿上衣服。瓦比去了一趟矮树丛，几分钟后回来时，手里拿了一根粗粗的桦木枝，然后面无表情地抬眼看了看罗德。

"看到那根木头了吗？"瓦比指着火堆旁一根倒在地上的粗大树干说道，"它正合你的胃口，罗德，正好可以用来揍你。你趴在木头上，脸朝下，屁股撅起来。我先揍你一顿，因为我得让你知道你需要揍我多少下。我揍你多少下，你就双倍地揍我多少下，因为我的责任比你要大得多。"

罗德惊愕地趴在了木头上。

"天哪！"罗德对瓦比喊道，"别打得太狠啊！瓦比！"

啪！桦木枝抽打在罗德的屁股上，罗德疼得嗷嗷乱叫。

啪！啪！啪！

"啊！我的天哪！住手！"

"别动弹！"瓦比喝道，"像个男人一样，你活该被揍！"

桦木枝一次又一次地抽打着。等瓦比停下来后，罗德站起身子,疼得不住地呻吟:"停!把'鞭子'给我!"

"别太狠了啊。"瓦比一边往木头上趴一边警告道。

"你摆好姿势,我要揍你两倍的次数,一次也不会多!"罗德一边提醒着,一边卷起袖子。

桦木枝抽打下来。

惩罚结束后,罗德的胳膊都有点疼了,而有着印第安人隐忍性格的瓦比,也禁不住在挨最后一"鞭子"时发出了一声长长的哀号。

在整个惩罚过程中,穆阿奇都默默无语地站在一旁。

"我们以后再也不淘气了,穆阿奇。"瓦比一边承诺着,一边轻轻揉搓着自己的屁股,"也就是说,如果以后我们胆敢再淘气,我们就再揍对方一次,好吗,罗德?"

"我很乐意在你认为自己应该被再揍一顿的时候满足你的心愿。"罗德说,"但是以后就不用揍我了,揍你一个人就够了。"

自我惩罚结束后,三人捡了一些柴火为过夜做准备,然后又捡了一些香脂枝条当作自己的床垫。他们坐下来吃晚饭时,天已黑了,他们围坐在一大堆干枯的白杨木火堆前吃起了晚饭。

晚饭结束后,三个人舒适地坐在火堆旁,罗德说:"尽管我们差一点就没命了,但这总比整夜地划桨要有趣得多。"

瓦比扮了一个鬼脸,耸耸肩。

"你知道你有多危险吗?"瓦比问道,"这是侥幸中的侥幸,你算是捡了一条命。我抓住了皮划艇的船头,然后翻身爬上了冰面,穆阿奇看到我安全之后就开始找你,但是你很久都没露出水面。我们都以为你死了,然后一串气泡从水下冒出来,穆阿奇二话没说就把胳膊伸到了水下。在你就要沉到水底时,穆阿奇抓住了你的头发。自己想一想那情景吧,罗德,晚上做个噩梦吧!这对你有些好处。"

"啊!"罗德颤抖着说道,"我们谈些其他快乐的事情吧,白杨木火堆的火焰可真灿烂!"

"火堆上的火焰比两千支蜡烛还亮!"穆阿奇赞同道,"可真明亮!"

"很多年以前,在这片土地上有一个大酋长。"瓦比开始讲述起来,"酋长有七个女儿,这七个女儿都漂亮极了,以至于天地神灵爱上了她们。天地神灵在漫长岁月里从来没有光顾过这片土地,这一次他因为爱上了酋长的七个女儿而第一次光顾了这片土地,天地神灵告诉酋长说,如果酋长肯把自己的七个女儿嫁给他,那么他会满足酋长七个宏大的愿望。酋长将七个女儿嫁给了天地神灵,同时向天地神灵提出了七个愿望:他希望天地神灵赐给他一个没有夜晚的白天,再赐给他一个没有白天的夜晚,他的第三个愿望是希望大地上一直都会有鱼和猎物,他的第四个愿望是森林能够永葆长青,他的第五个愿望是把火赐给人类,他的第六个愿望是希望赐给他一种在水中也能燃烧的燃料,然后天地神灵就把桦树赐给了他,他的第七个愿望是他能拥有另外一种燃料,这种燃料不会产生烟气,能把舒适和快乐带到自己的棚屋中,然后白杨树就在森林中出现了。多亏了这位酋长和他的七个女儿,这七样东西直到现在还存在着，你说是这样的吗，穆阿奇？"

老勇士穆阿奇点了点头。

"那么天地神灵和老酋长的七个女儿后来怎么样了呢？"罗德问道。

穆阿奇站起身离开了火堆。

"穆阿奇相信这些故事就像相信太阳和月亮的存在一样。"瓦比轻声说道，"但是穆阿奇知道，你不相信这些。如果你乐意听的话，穆阿奇会给你讲很多很多的关于森林和山峰是如何被创造出来的故事，以及其他很多的印第安故事。"

罗德赶忙站起身去追穆阿奇。

"穆阿奇！"罗德呼唤道，"穆阿奇！"

这位老印第安人转过身来，慢腾腾地往回走。罗德在半路上碰到了穆阿奇，穆阿奇的脸红红的，眼睛里闪耀着光泽。

"穆阿奇！"罗德抓住老勇士的手轻声说道，"穆阿奇，我喜欢你的天地神灵！我喜爱创造出这些伟大森林的神灵，我喜爱创造出伟大月亮的神灵，我喜爱创造出山峦、湖泊和河流的神灵！我想听更多的关于天地神灵的故事。你得给我讲这些故事，这样的话等哪天天地神灵在风中、在星星中、在森林中跟我说话的时候，我就会知道是他在和我说话！给我讲讲这些故事吧！"

穆阿奇看着罗德，张开自己薄薄的嘴唇，舒缓了冷峻的面容，好像正在思索着罗德说的话是否真实。

"我也会把我们的天地神灵的故事讲给你听。"罗德催促道，"我们也有一个天地神灵，他在六天之内创造出了大地、天空、大海和其他天地之间的动植物,然后在第七天他停下来休息。穆阿奇,我们把第七天称为礼拜日。我们的神灵给我们创造出了森林,正如你们的天地神灵给你们创造出了森林一样,不同之处是,你们的天地神灵因为爱上了七个漂亮的姑娘而创造出了这些,而我们的神灵是因为爱人类而创造出了这些。穆阿奇,如果你肯把你们的故事讲给我听的话,我也会讲很多关于我们的神灵的精彩故事的。这算是交易吗?"

"可能算是吧。"老领路人慢吞吞地回答道。穆阿奇的脸色舒缓下来,罗德再一次意识到自己已经触动了这位红皮肤印第安伙伴的心弦。罗德和穆阿奇重新回到火堆旁,瓦比的手中拿着一张桦树皮地图。

"我一整天都在想着这事儿。"瓦比一边说着一边展开地图,"但是我还没有想明白是怎么回事。"

"没有想明白什么?"罗德问道。

"没什么。"瓦比急忙补充道,好像后悔自己说出了刚才的话,"这真是一张奇怪的地图,不是吗? 我怀疑我们是否能够猜出地图里所藏着的整个故事。"

"我相信我们现在已经知道了整个故事。"罗德说道,"首先,我们是在那两具骷髅其中一具的手中发现这张地图的,我们从两具骷髅身上的刀伤和他们身旁的凶器可以推断出,这两具骷髅生前打了一架然后杀死了对方。他们是为了争夺这张地图而打起来的,因为他们都想独自霸占地图中的无价的宝藏。那么现在呢——"

他从瓦比手中取过地图,把地图捧在火堆和他们之间。

"剩余的故事呢？"

良久，三个人都凝视着地图默不作声。

地图上的路线图原本已经模糊不清了，现在被他们仔细而精确地重描了一遍。

罗德用一根小棍指着地图顶端的几个字说道："小木屋和峡谷入口处。"

"还有比这更清楚的吗？"罗德重复道，"这里是小木屋，他们就是在这座小木屋中自相残杀的，然后我们在小木屋中发现了他们的骷髅。他们在这儿标记出了峡谷，我就是在峡谷处开枪射死银狐的，我们如果沿着峡谷往下走的话，就一定能找到黄金。因此，我们必须沿着峡谷走下去，直至遇到第三个瀑布为止，然后在第三个瀑布那儿我们会发现另外一座小木屋和黄金。"

"从地图上看的话，事情看起来太简单了。"瓦比附和道。

粗糙的路线图下面有这样一行字：

"兹有约翰·波尔、亨利·兰格罗伊斯与彼得·普兰特三人在瀑布下发现黄金，三人一致做出如下约定：三人共同拥有黄金，每人均享有相同份额的所有权，三人愿放弃所有分歧，以友好和公平的态度处置黄金。祈求上帝保佑。"然后下边是签名：

"约翰·波尔，亨利·兰格罗伊斯，彼得·普兰特。"

约翰·波尔的名字中间划了一条粗粗的黑线条，以至于名字差点都看不清楚了，这条黑线的末端有一个括号，括号里写着两个法语字，瓦比已高声把这两个字翻译了一遍又一遍：

"已死！"

"从地图原件上的字迹我们可以判断出，约翰·波尔是一个接受过良好教育的人。"罗德说道，"毫无疑问，桦树皮地图是他画的。地图上的所有文字都是同一个人写的，但是兰格罗伊斯和普兰特的签名却是他俩亲自签的，如果不是从上面的文字中知道他们的名字，那么单单根据他们的签字来辨识他们的名字的话，还真不太容易。根据这张地图可以很容易地推断出，两个法国人杀死了那个英国人。这个故事现在圆满了吧？"

"不错。"瓦比答道，"三个人一起发现了金子，然后他们发生了争吵，后来签订了这份协议，再然后波尔被杀害了。这两个法国人呢穆阿奇在小木屋里已说过了，他们出来寻找吃的东西，出来时身上带了满满一鹿皮袋的金子。他们一直走到了峡谷入口处的小木屋中，他们两个就地图和协议以及应该放在谁的身上发生了争执并且吵了起来，两个人搏斗起来，就同归于尽了。根据他们附近所发现的老式猎枪和其他证据，我们可以判断出，这个故事至少发生在五十年以前，或许发生在更久远的年代。但是——"

瓦比停了下来，轻轻地嘘了一声。

"第三个瀑布在哪儿呢？"

"我想去年冬天我们就把这个问题弄清楚了。"罗德回答道，罗德显然被同伴的怀疑惹恼了。"如果字迹真能说明问题的话，那么波尔是一个受过良好教育的人，波尔在画地图的时候是按比例画。第二个瀑布与第一个瀑布之间的距离，是第三个瀑布与第二个瀑布之间的距离的一半，这就是波尔按比例画地图的确凿证据。现在穆阿奇已经发现，第一个瀑布与峡谷入口处相距有五十英里远。"

"从波尔在桦树皮上做出的标记我们可以推断出，第三个瀑布与峡谷入口处的我们的老营地之间的距离大约是二百五十英里。"

"蛮合理的。"罗德满脸兴奋地说道，"从峡谷入口处开始的话，我们的搜寻路线就很清楚了。我们不能错过！"

一直默默静听着他们讨论的穆阿奇，现在也终于加入到了讨论中。"我们必须先到达峡谷入口处。"穆阿奇说道，并使劲耸了耸肩，以显示自己说的话很重要。

瓦比将地图重新放回自己口袋里。"你说得对，穆阿奇。"瓦比笑着说，"我们在抵达峡谷入口处之前，需要翻山越岭，这是一项艰巨的工作。"

"那儿的水流得特别急，比卡里布河的水流速度还要快！"

"我敢打赌，奥姆巴贝卡的河水很湍急。"罗德说。

"我们已经沿着它往上游走了四十英里。"瓦比答道，"我们会到达这片陆地最高处。各条小溪往北方流去，一直流到哈得逊湾，等我们到那儿后，得屏住呼吸默默祈祷不用再划桨。在洪流之中顺水而下是一件多么刺激的事情！"

"但是明天我们得先完成艰巨的任务才行。"罗德说道，"我要去睡觉了，晚安吧！"

穆阿奇和瓦比不久也去睡觉了，半小时后，三人都进入了梦乡，只有火堆发出的噼噼啪啪声打破着营地的静寂。拂晓前一个小时，穆阿奇就起床开始准备早餐了。罗德和瓦比起床后，发现前一天打的蓝嘴雀正架在火堆上烤，咖啡也快煮好了。罗德还注意到，皮划艇中的一些行李已经不在了。

"我把它们弄到河边了。"穆阿奇冲着好奇的同伴解释道。

"像往常一样，你总在我们熟睡的时候干活！"瓦比不满意地嚷道，"如果以后还是这样子的话，我们就该再挨揍一次，罗德！"

穆阿奇仔细观察着一只肥大的蓝嘴雀，它已被烤成了深褐色，穆阿奇把这只蓝嘴雀递给罗德，又把另一只递给瓦比，然后才拿起第三只自己留着，穆阿奇在紧挨着咖啡和面包的空地上给自己找了一个位置。

"啊！这只蓝嘴雀可能是它们中最大的一只！"罗德一边嚷着，一边将蓝嘴雀插在了餐叉的顶端。

半小时后，三人来到了皮划艇边。早餐之前，穆阿奇就已经把一半的行李搬到四分之一英里之外的河边了，现在穆阿奇搬着剩余的物品，罗德和瓦比用肩膀抬着轻巧的皮划艇。罗德看到日渐发白的晨光中的奥姆巴贝卡河时，忍不住惊叫了一声。去年冬天他沿着河流逆流而上时，河流宽度才只有几杆枪那么宽，现在却俨然成了一条亚马逊河。乌黑而险恶的河水翻滚着，宛如火堆上的器皿中的黏稠液体在慢慢沸腾着一般。水流一点儿也不急促、汹涌，没有排山倒海的气势。罗德早就预料到了这一点，因此罗德看到河流的情形后一点儿也不惊奇。

但是让他最为吃惊的是，他看到河流中有什么东西在翻滚着，水面的漩涡在慢腾腾地打着圈儿，河面就犹如他以前经常看到的小饭锅中煮燕麦片的情形一般,咕嘟嘟地冒着泡儿翻腾着。水面下面有什么神秘的东西正等待着,要把他们三人拽到河底,可能是巨人的可怕的大手吧?罗德明白,在这缓缓蠕动着的河水的下面,有着致命的力量,这种力量比从山上狂奔而下地咆哮着的汹涌河流的力量要大好几倍。这儿的河水中,集聚着几倍于那些湍流的力量,每一股水流和每一个危险都汇聚在这宽阔的很深的水中,组合成声势浩大的河流。罗德去看同伴的时候,流露出了心中所思。穆阿奇正在把装备往皮划艇中装,瓦比则在盯着河水发呆。

"水流的力量太强大了!"瓦比忧心忡忡地说,"你觉得呢,穆阿奇?"

"离河岸近一点儿。"老勇士一边继续着手中的工作,一边回答道,"这样我们就会安然无恙的!"

穆阿奇的话让罗德和瓦比安心了许多,罗德和瓦比现在无比相信穆阿奇睿智的提醒和敏锐的判断。不久,皮划艇就安全启动了,一个小小的漩涡涌到了岸边,三个冒险家用木桨在水中划动着。在船尾处占据着重要位置的穆阿奇,一直都把皮划艇的船头保持在距离河岸仅六码远的地方,在罗德看来,他们正轻松地以惊人的速度在河流的上游划动着。不时向上涌起的波浪撞击到皮划艇,罗德很容易就能够根据皮划艇的倾斜方向和角度而判断出水流中是什么危险物抓住了小艇。穆阿奇和瓦比敏捷的动作一次又一次地化解了向上涌起的波浪所带来的危险,瓦比在船头时时刻刻保持着警惕。他们永远也预料不到,下一刻水面下会出现什么可能撞坏皮划艇的未知力量。皮划艇前方十英尺的水面上可能一直都很平静,然后就突如其来地冒出来一个巨大气泡,犹如有一条大鱼吐了一口气似的,刹那间水面就像一个小漩涡似的沸腾开了。

罗德注意到,每一次他们即将被水面下看不见的力量抓住的时候,小艇都会往下沉好几英寸。这一发现令他震惊,万一他们被水面下的巨大的喷发物抓住的话,会发生什么样的事情呢。其他的危险也不停地靠近他们。水面漂浮着的木头和其他渣滓都随着水流滚滚而来,瓦比不停地警告道:"向右! 向左! 向后!"以至于罗德的手臂都疼了,因为他得不停地跟着瓦比的警告使劲划桨。小艇前的水面再一次狂暴地沸腾起来时,穆阿奇赶紧把小艇往岸边划,离开危险点才能确保平安。一天之中这样的事情总共发生了五次,因此浪费了不少时间,这样下来,每小时所行驶的里程还不超过两英里。临近傍晚他们安扎营地时,穆阿奇推测他们离开奥姆巴贝卡后的行程已行了一半。

第二天的速度比第一天还要慢。每往前行一英里,水面就变得更狭窄,水流也变得更急促。暗流造成的变化不定的涌起的波浪不再困扰三位寻金者了,但是木头和碎片却以更快的速度向他们奔袭过来。有好几次,要不是他们三人眼疾手快,齐心协力地采取措施,脆弱的皮划艇就被撞碎了。他们现在就像一台机敏的机器一样工作着,而瓦比就是这台机器的操控师,瓦比敏锐的目光时时刻刻注意着前方可能出现的危险。这一整天,是罗德所经历过的最为惊险和紧张的日子,当这段航程终于结束时,罗德高兴极了。他们停下来准备扎营时,天还早着,太阳得再过两个小时才落山。

穆阿奇选择了一处空旷的地方,空旷处的后面是一座被白杨覆盖着的山岭,小艇的船头即将靠岸时,瓦比激动地大叫一声,拎起猎枪就对着附近山脚处的一个小云杉丛连开三枪。

"没打中,但好极了!"瓦比大叫道,"快点,穆阿奇,围堵它!我看到了一只很大的熊,我从没见过这么大的熊!"

"在哪儿?"罗德问道,"在哪儿?"

罗德放下木桨,抓起猎枪,穆阿奇保持着冷静,将小艇的位置调整了一下,以便瓦比能够跳到岸上。罗德紧跟着也一跃跳上了岸,两个兴奋的年轻人飞快地向熊的方向跑去,只留下穆阿奇照顾着载满了行李的皮划艇。很快他们就飞奔到了云杉丛的边缘,两个少年的心脏怦怦地跳个不停,目光扫视着前方山岭那荒芜的一侧,但连熊的影子都没发现。

"它沿着河流跑了!"瓦比说,"我们必须——"

"在那儿!"敏锐的罗德低声说道。

刚刚开始往山上爬的时候,熊出现在他们下面四五百码远的地方。即便是距离这么远,罗德还是为它庞大的身躯感到吃惊。

"真是一头庞然大物!"他气喘吁吁地说。

"连续射击!"瓦比催道,"猎枪错一英尺,子弹就错四百码!瞄准它背部的顶端,你就能打中它!"

瓦比一边说着,一边射出了猎枪中剩下的最后两颗子弹,瓦比重新上子弹的时候,罗德连续进行了一番远程射击。他的第一枪和第二枪都没有打中,第三枪打完后,奔跑着的熊停了一会儿,往他们这边看了看,罗德抓住这个机会又认真地瞄了瞄准。枪响之后,熊赶忙向前奔跑,闪入岩石之后,然后又现出身来。

"快射击!"瓦比喊道,并向云杉和山坡之间飞快地跑去。

罗德给枪装子弹的时候,趁机仔细研究了一下局势。熊飞快地跑着,快要跑到山顶了。瓦比赶忙飞快地追过去,以免熊消失在射程之外。如果这一次仍然没射中的话,这头猎物就彻底逃掉了。突然,他发现山岭间有一个缺口。如果自己能跑到缺口那儿,如果猎物往自己的方向跑来……

罗德立马向缺口处跑去,他听到瓦比的猎枪在自己身后发出一声巨响,但他没空停下来去看有没有射中。如果自己回头去看却发现没射中的话,那可就糟糕了。每一秒钟都太重要了!山岭间的缺口视角很清楚,他气喘吁吁地从缺口处穿过去,在另一边停下来,目光急切地扫描着布满岩石的山岭。当看到八百码之外的猎物正从山岭上往自己这边跑来时,他再也忍不住心中的兴奋大叫了一声。罗德蹲伏在一块巨大的圆石后面守株待兔。七百码,六百码,五百码,猎物转过身了,向着平坦处跑近了。猎物正在慢腾腾地跑着,还不时地停下来,罗德知道猎物已经受了重伤。过了一会儿,罗德意识到猎物不会再往自己这边更近了,就端平了猎枪。五百码!四分之一英里!

这是一次致命的射击!扳动扳机之后,罗德打了一个寒战。他手中伟大的武器理应完成这项任务,这么近的距离,应该很容易就射死猎物的!自己没射中吗?他确信自己的第一枪射得太高了。第二枪仍然没射中。第三枪射出后,山顶上传来了第四枪。原来瓦比已经到达了山顶,瓦比正在六百码之外射击呢。猎物停下不动了。罗德对着不动的猎物精确地瞄准。他再次开枪之后,立即狂野地大叫了一声,而瓦比从山顶上也欢快地大喊一声作为回应。这一枪打得太好了,猎物已经倒地了!

罗德和瓦比来到猎物身边时,它已气绝身亡。良久,两个人都没吭声,他们一边喘着气,一边俯下身检查脚下的庞然大物。罗德的这一枪太妙了!罗德能从瓦比脸上的惊讶中看出来这一点。等穆阿奇从山岭缺口处匆匆赶过来后,他俩仍在默默地检查着这头刚刚死去的猎物。穆阿奇看到这头庞然大物后,也是又惊又喜。

"这真是一头庞然大物!"穆阿奇大声说道。

穆阿奇的夸奖对罗德来说太重要了,罗德的脸一下子红了,心里开心极了。

"它足足有五百磅重。"瓦比说,"它站起来的话足足有四英尺高!"

"真是一头好猎物!"穆阿奇笑了起来。

"罗德,让我看看,它的皮可以做一张毯子。"瓦比绕着猎物转了一圈,不停地打量着,"可以做一张八英尺长六英尺宽的毯子。我很奇怪它哪儿中枪了?"

最致命的一枪应归功于罗德,而瓦比至少有一枪或者两枪也打中了。罗德的最后一枪正好打在了猎物的右耳下面,猎物中枪后当即毙命。在同一侧,即面向罗德的猎枪的这一侧,还有一处枪伤,毫无疑问这一枪是罗德在半山腰时打中的。三人使劲将猎物翻过身后，才发现猎物的左侧有两处枪伤，这一侧一直都是朝着瓦比的猎枪的。正当他们检查这些枪伤时，目光敏锐的穆阿奇忽然惊讶地大叫了一声。

"它很久之前就有枪伤了，这是很久之前的子弹的伤疤！"

穆阿奇的手指正在掀开猎物前腿腿根后面的松弛的皮毛。许久之前的枪伤清晰可见，罗德和瓦比伸手摸了摸，能感受到皮肤里面的子弹。这让三个人都很惊讶，因为在这辽阔而荒凉的北方旷野上，猎人们本来就不多并且非常地分散。他们想象着许久之前所发生的故事场景：一位猎人在后面穷追不舍，然后瞄准了猎物，但中枪后的猎物还是侥幸逃脱了，最后猎物被他们三个打死了。穆阿奇拿出一把刀子，切开猎物的皮取出子弹，罗德和瓦比都围着穆阿奇的肩头伸长了脖子观看。当穆阿奇将子弹放在自己的手掌上后，他再次惊讶地大叫一声。这是一颗形状奇特的子弹！子弹很光滑，是很奇怪的扁平状。

"非常柔软的子弹，"穆阿奇说，"我从来没见过像这样薄的铅！"

穆阿奇用刀子将子弹切割掉一个薄片。

"这子弹——"

穆阿奇一手捏着一片，两片子弹在阳光下闪烁着单一而鲜艳的黄色。

"这是金子做的子弹！"穆阿奇上气不接下气地说，"不存在黄色的铅，这是金子，绝对是金子！"

第九章　奥姆巴比卡上面

穆阿奇发现这一重大问题之后，三个人都呆呆地站在那儿哑口无言。瓦比紧紧盯着子弹，好像不太相信自己的眼睛似的。罗德惊讶得颤抖起来，穆阿奇本来还是不露声色地盯着子弹琢磨着，然后他捏着两片金子弹的细长的手指也颤抖起来了，如此激动的情绪对于这位经验丰富的领路人来说太罕见了。穆阿奇打破了沉默：

　　"这颗金子弹是谁射出的？"

　　此刻，这个问题当然没人能回答得了，没人知道是谁射出的子弹。可是为什么要使用金子做的子弹呢？

　　瓦比取过这两片黄色的子弹片，放在自己的掌心上估算重量。

　　"有一盎司①重。"瓦比猜测道。

　　"值二十美元！"罗德惊讶地说，说话时呼吸都有些困难，"是谁在这样的荒野里用价值二十美元的子弹冲熊开枪？"他激动地重复着穆阿奇一分钟前刚刚提出的问题。

　　穆阿奇也把子弹片放在手掌中称了称。穆阿奇脸上的迷惑渐渐地消退，这位身经百战的老勇士一直都习惯保持

　　①英美制质量或重量单位，1盎司约28.3495克。

克制和从容，只有偶尔遇到惊讶和出乎意料的事情时才会忧虑不安。穆阿奇面无表情地盯着子弹，大脑却在飞速地旋转着，他在脑海里寻找着这片荒原上的每一个线索和秘密，穆阿奇展开了自己丰富的想象力，飞快地追寻着这头猎物遭遇金子弹之前的踪迹。瓦比知道穆阿奇正在思考，他急切地盯着穆阿奇。

"穆阿奇，你觉得是怎么一回事儿呢？"

"大部分人用弹药和子弹射击，而不是用弹壳射击。"穆阿奇慢吞吞地回答道，"可能是老式枪！太奇怪了，太奇怪了！"

"是前膛枪！"瓦比说道。

穆阿奇点了点头。

"用的是弹药而不是铅。饿极了，就用金子当子弹了。"

大家三言两语就把事情说得很明白了，或者说至少已经把这一神秘事件中的一部分秘密揭晓了，但是另外的部分却仍然是一个谜。

是谁开的枪呢？金子又是从哪儿来的呢？

"他一定是突然发了横财。"瓦比说，"或者，他拥有许多的金子？"

"金子从哪儿来的呢？还有很多！"穆阿奇赞同道。

"你是否认为——"罗德颤抖着说道，然后他停下了话语，好像不敢去说他心里原本想说的话一样，"你是否认为，我们的金子被其他人发现了？"

穆阿奇和瓦比都吃惊地盯着罗德，好像罗德突然引爆了一颗地雷似的。然后瓦比扭回头静静地盯着穆阿奇，穆阿奇默不作声。罗德默默地从口袋里掏出一袋儿用布包裹得严严实实的东西。

"还记得吗？我当初从鹿皮袋中取了一个小金块，打算做一个领带夹。"罗德说，"我在学校学习地质和矿物课程时知道，如果六个金子标本分别来自不同的地方，那么十有八九它们中的任何两个标本的颜色都不会完全相同。现在——"

罗德拿出金块，像穆阿奇那样，用刀子切开金子，然后将两个光泽闪闪的切面进行对比。

这是完全相同的金子！

瓦比收回金子，低声嘟囔着。罗德的脸色突然变得苍白，不懂得矿物学奥秘的穆阿奇疑惑地盯着罗德。

"我们的金子被其他人发现了！"瓦比疯狂地叫嚷道。

"我们还不能确定。"罗德又说道，"我们只能说这很有可能。这片荒野上的岩层几乎是相同的，都是上面往下深陷，下面是板岩，也正因为这样，在这儿发现的金子很可能与二百英里之外发现的金子是一样的。但是也有可能我们的金子是被人发现了。"罗德推断道。

"发现我们金子的人很可能已经死了。"穆阿奇安慰道，"他没有铅弹，但他很饿，他冲着熊开枪，但熊逃走了。可能他已经饿死了！"

"真可怜！"瓦比大声说道，"我们这样去假想别人，太自私了，罗德。他当然很饿，不然他不会把金子当子弹用，他并没有捕到这只熊，天哪！"

"我倒是宁愿他当初打死了这只熊。"罗德说道。

穆阿奇的脸一下子红了。

罗德突然想象着这样一场荒野悲剧:一个饥肠辘辘的人,最后一次绝望地浇铸金子弹,看到一只巨大的熊,开枪射击却没有捕获,他彻底绝望了,在痛苦中慢慢死去。

"我倒是宁愿他当初打死了这只熊。"罗德重复道,"我们的食物已经足够用了。"

穆阿奇已经开始剥熊皮了,罗德和瓦比拔出刀子帮助穆阿奇。

"大约是在六个月前中枪的!"穆阿奇说,"也就是说在大雪之前中枪的。"

瓦比说:"这儿的森林里连个能吃的浆果也没有,然后他就发现了这只活熊,罗德。"

一个小时后,三位寻金者把精选出的熊肉带到了皮划艇上,然后又把熊皮悬挂在树木间,挂得高高的,免得地上的动物够到。罗德得意扬扬地打量着熊皮:"我们能确保我们回来时熊皮还在这儿吗?"

"当然了!"瓦比答道。

"很安全吗?"

"就像放在家里一样安全。"

第二天早晨,他们又踏上了去奥姆巴贝卡河的旅程,现在三个冒险家的心里热情与忧虑并存。金子弹让他们心中产生些许担忧,因为他们要寻找的金子已经被其他人发现了。

瓦比第一个恢复了信心。"我不信!"他大声嚷道,其他人不用问也知道他不相信什么,"我不信我们的金子已经被其他人偷走了。这儿是北美大陆上最荒蛮的土地的中心地带,如果这么大一笔财富被谁发现了的话,毫无疑问我们在瓦比诺什驿站或者凯诺加米会听到一些传闻的,因为这两个驿站是距离这儿最近的两个供应站。"

"对,很有可能。金子被发现了,但是发现金子的人已经死了。"罗德补充道。

穆阿奇在船尾点了点头,赞同道:"嗯!死了。"然后他又重复了一遍。

奥姆巴贝卡河现在已经变得很狭窄了,迎着湍急的水流,皮划艇前行得极为缓慢。中午的时候,穆阿奇告诉大家河里的行程终于结束了。上岸之后良久,罗德都不知道自己具体在哪儿,然后他忽然欢呼起来。

"哈哈!这里是去年冬天我们的河谷冒险结束后吃晚饭的地方!"他大声嚷道。

远方传来微弱的雷鸣声。

"听!那是河流通过山岭缺口时的声音,我们就是在那儿沿着峭壁边走的!"

瓦比耸了耸肩,想起了那个可怕的夜晚,也想起了从武诺咖人的领地绝望奔逃出来的事情。

"我们不得不再重做一遍完全相同的事情,不同的是,我们这一次是在白天。"

"我们得走很长的路程,大概六英里远,要把所有东西都带在身上。"穆阿奇说。

"直至我们抵达山那边平坦处的小溪为止。你就是在那儿射击驯鹿的,对吧?"罗德问道。

"不错。"瓦比答道,"那条小溪现在已经变成了一条相当庞大的河流,我们得在这条河流里吃力地划桨,然后航行不到八英里的路程,到达峡谷入口处的我们的老营地,我们就是在那儿发现骷髅和地图的。"

"从那儿开始,我们再背着我们的皮划艇和行李走上一段路程,到达峡谷中的河流。然后,我们就找到黄金了!"罗德说。

"夜里我们在山上安扎营地。"穆阿奇说。

瓦比兴奋地大笑起来,用拳头打了打罗德的背。

"还记得你射的那只猞猁吗?你误以为那是一个武诺咖人,让我们都虚惊了一场呢!"他说道。

想起那次可笑的经历,罗德的脸一下子红了,但在当时,事情就是那么惊险。罗德开始帮助穆阿奇把皮划艇上的东西往下搬。他们吃饭和休息总共花了两个小时的时间,然后罗德和瓦比把皮划艇扛在肩上,而穆阿奇则带着一半的行李走在他们前面。每往前走一步就能更清晰地听到河流快速通过山岭缺口的声音,再往前走不到一英里远,他们就不得不大声呼喊着讲话才能听到彼此的话语。在他们的右侧,山坡的峭壁很快就开始逼近他们,他们带着行李磕磕绊绊地登上巨大的圆石之后,罗德和瓦比发现在峭壁的边缘处就是一条狭窄的河流。

在河流的开始处,他们将皮划艇放入水中。在他们的一侧,峭壁在上空一直向上陡峭地延伸着,伸到了一千英尺之高;在身体的另一侧,紧挨着他们的就是咆哮着的峡谷。他们

的前方,山坡和峭壁的边缘离他们越来越近,最后出现了一块不超过六英尺的岩石,迈过这块岩石就碰到峭壁了。罗德的脸一下子变得煞白,因为他现在才意识到,几个月之前的那个黑暗的晚上他们在这儿是多么的危险;瓦比默默无语地在那儿站了良久,他的脸严峻得如一块岩石。峡谷往下,是一条响彻着轰隆隆雷鸣的湍急河流,就好比地下洞穴中枪炮齐鸣所产生的回声。

"让我们先看一看!"瓦比对着同伴的耳朵大声喊道。

他走到峭壁的边缘,罗德跟在他身后。片刻之后,他站在那儿吓呆了,那三十秒钟所看到的景象他一辈子也不会忘记。脚下五百英尺的地方是一条飞速流动的河流,河流就夹在峡谷的两个峭壁之间,河水咆哮着向前流去,激荡出白色的泡沫,脚下的地面好像也因为湍急的河流而跟着震动起来了。翻滚着的白色泡沫间不时地露出大块岩石的黑色岩面,这些水中的岩石就像怪兽一般。水流撞击到这些岩石之后激起更大的咆哮,河流就这样巨雷般咆哮着向前奔去,浪头得胜似的高高掀起。

罗德倒吸了一口凉气,他往后退了一步,浑身战栗着。但是瓦比却站在那儿一动不动,站在那儿足足看了好几分钟,宛如一块被劈开的石头,看到下面的峡谷中的骚乱和咆哮着的宏伟景象,他热血澎湃。唤醒印第安人的灵魂的,不是音乐,不是谈话,而是高山、广袤的平原和轰鸣的大瀑布!

他们继续往前走,将皮划艇扛在肩头上,紧紧地靠近山坡。他们慢慢地走着,避免碰到每一块石头和石柱,否则就有绊倒的危险,他们沿着危险的狭窄的岩石往前走,一刻也没停下来休息,直到来到通向山上的更为宽阔的安全的路为止。一个小时之后,穆阿奇回来取剩余的行李时遇到了罗德和瓦比。此后没多久,他们就抵达了那块小高地,去年冬天他们就是在这块高地上安扎营地的,他们放下皮划艇,将它搁在老香脂树棚屋边。

一切都跟他们当初离开时一模一样。大雪和风暴没有毁坏他们存放的树枝。地上还留着火堆的残余灰烬和那只大猞猁的骨头,去年冬天的那晚,罗德把猞猁当成了武诺咖人并且开枪击毙了它。香脂棚屋边有一根插在地上的木桩,他们那只身经百战的忠诚而温顺的小狼沃尔夫当时就被拴在这根木桩上。

瓦比走到木桩边,一声也没吭。他在木桩旁坐下,扶着木桩休息,他抬起头看罗德时,脸上写满了千言万语。

"可怜的老朋友沃尔夫!"罗德转过身,走到高地的边缘处,滚烫而苦涩的泪水顿时盈满了眼眶。他的身下,目所能及之处,是一直延伸到哈得逊湾的巨大而神秘的原野。小狼沃尔夫就在这片无垠的原野中的某一个地方。

罗德抬眼望去,泪水又朦胧了眼睛,他想起穆阿奇很多年前的人生悲剧,想起小狼沃尔夫是如何为穆阿奇报仇雪恨的。他想起了很久很久之前那悲惨的一天,那时穆阿奇还是一个精力充沛的年轻小伙子,那天他发现自己的妻子和孩子都被狼害死了;他想起,疯狂的年轻的穆阿奇每年都会循着狼的足迹直捣狼窝进行复仇,这是瓦比告诉自己的。最后他又想起了小狼沃尔夫，想起了穆阿奇和瓦比是如何在他们的圈套中发现尚是一只幼崽的沃尔夫；然后他想起穆阿奇和瓦比是如何驯服沃尔夫，教它去诱骗其他的狼进入他们的包围圈。仅仅几个月之前，沃尔夫还是他们的忠诚的朋友，直到最后一刻为止，沃尔夫都是勇敢无畏和忠诚的。最后它为了逃过武诺咖人的残害才逃入到森林之中，而他的人类朋友历经艰险之后回到了文明社会之中。

沃尔夫现在在哪儿呢？

罗德大声地自言自语着，这时瓦比在身后回答道："罗德！带上打猎的包裹吧，沃尔夫已经忘掉我们了，它已经回归荒原了。"

"是的，回归荒原了，但它是不会忘掉我们的！"罗德说。

瓦比没有回答他的话。

第十章　神秘的枪声

良久，罗德和瓦比都默默站在那儿遥望着北方。他们的脚下就是辽阔的平原，穆阿奇从高地上发现驯鹿之后就是在这个平原上射死驯鹿的；再远处，是无尽的茂密森林，连绵不断的森林被其他的平原和草地分割成一处又一处，几个湖泊在残阳下倒映着红色的波浪。几个月之前罗德第一次遥望这片大地时正值冰天雪地之际，从他站立的地方到北极之间到处都是寒冷的耀眼的白色景象。现在，春天来临了，大地复苏了。两位寻金者看到远方有一条闪着微光的河流，他们就是要循着这条河流到达峡谷。去年冬天，这条河流还仅仅是一条小溪流，现在却成了一条宽阔的河流。

正当他们眺望之时，一英里之外空地上有两个黑色的东西慢慢进入他们的视野。它们看起来和狗差不多大小，满脑子都思念着小狼沃尔夫的罗德一下子惊呼道："狼！"

但他马上改口道："是驼鹿！"

"是一头母驼鹿和她的幼崽。"瓦比说道。

"你怎么知道呢？"罗德问道。

"那儿！盯住它们！"瓦比扯着同伴的胳膊喊道，"母驼鹿在前面慢慢地踱着步，这么远我都看出来了。驼鹿从来不会像小鹿那样跳跃或者奔腾，驼鹿总是同时抬起身体同一侧的两只蹄子往前迈步走，然后再抬起另一侧的两条蹄子往前迈步走。注意看小驼鹿是怎样跳来跳去的，老驼鹿决不会那么跳。"

"但是两只驼鹿的体形看起来差不多一样大啊？"罗德疑虑地问道。

"那是一只两岁的小驼鹿，和它的母亲几乎一样大。但它已不再是真正的小驼鹿了，因为它年龄已经够大了，但是，只要驼鹿还跟随在母亲身边，我们就得称呼它们为小驼鹿。据我所知，小驼鹿和母亲待在一起的时间不会超过三年。"

"它们往这边来了！"罗德低声说。

驼鹿已转过身朝着他们所站立的小山的山脚下走来。瓦比拉着罗德躲在一块巨石后面，然后探出头观察驼鹿，不让自己被发现。

"别出声！"瓦比警告道。

"它们刚刚在小河那儿喝了水，现在准备来山腰上吃白杨树的新芽呢。我们这次大饱眼福了！"

瓦比把一根手指放进嘴里舔湿，然后把手指高举在头顶之上，这是老领路人穆阿奇教给他的判断风向的方法。不管风有多么小，手指向风的一侧都会立马先变干，并且这一侧很暖和，而手指背风的那一侧则还是湿的并且很冷。

"风刮错方向了，绝对刮错了！"瓦比说，"风正吹向驼鹿那边。除非是我们站得太高了，以至于我们的气味从它们头顶之上高高地飘过，不然它们不会往我们这边来的。"

罗德用胳膊肘碰了瓦比一下："它们在我们的射程之内了！"

"不错,但我们不能开枪,我们不缺这点肉。"

瓦比正说着话时,母驼鹿停在那儿不走了,瓦比高兴得低声欢呼起来。

"好极了!"瓦比轻声说,"母驼鹿多少嗅出了一点儿我们的味道,它们现在距离我们四分之一英里远。注意母驼鹿的头的姿势!它耳朵向前支棱着,鼻子也耸向天空!它觉察到山上有危险。现在——"

瓦比话还没说完,母驼鹿就急速地一闪身冲到了小驼鹿身前,把小驼鹿挡在身后,几乎就在同一瞬间,母驼鹿和小驼鹿一起飞快地逃往北方了,但这时母驼鹿却改为护在小驼鹿身后了。

"我很喜欢驼鹿。"瓦比深情地说,眼睛里焕发着柔光,"你留意过吗,我从来没冲驼鹿开过枪。"

"是啊,你还真没有过呢!我以前没想过这个问题,这是为什么呢?"

"原因有很多。当然,实在没肉吃时,我也曾捕猎过驼鹿。但即便是在这样的情况下,捕猎驼鹿对我来说也是一件极其不愉快的事情。你刚刚也看到了母驼鹿的所作所为,往前走的时候,母驼鹿会走在小驼鹿的前面,这样的话,一旦有什么危险,母驼鹿就可以在前面护着小驼鹿;发现危险后往回逃跑时,母驼鹿让小驼鹿跑在自己的前面,而自己则护在小驼鹿的后面,这样的话,如果危险真的降临,也是先降临在母驼鹿身上。这难道不是人类社会中的母性吗?公驼鹿也很伟大!在交配的季节,一头公驼鹿为了保护自己的母驼鹿,敢面对几十个猎人。如果母驼鹿跌倒在地,公驼鹿会站在母驼鹿身体前面挡住母驼鹿,把自己暴露给猎人的猎枪,公驼鹿蹄子紧紧踩住地面,眼睛蔑视地瞪着猎人,直至自己浑身中满子弹为止。有一次我看到一只母驼鹿受伤了,然后当母驼鹿趔趄着逃离时,公驼鹿在后面紧紧地护着母驼鹿,一刻也没有离开过母驼鹿,它毫无畏惧地直面猎枪,乃至最后中弹身亡。在倒地身亡之前,或者说粉身碎骨之前,你根本就想象不到公驼鹿已经受伤了,这是多么值得称赞的英勇啊!目睹了这一幕之后,我就发誓以后再也不会向驼鹿开枪,除非我实在是万不得已。"

良久,罗德默默无语。母驼鹿和小驼鹿现在已消失了,罗德转过身,对着瓦比说:"瓦比,你给我讲述这些故事,我真的很高兴。每一天你都在教我这片广袤的原野上的新奇知识。我以前曾经猎杀过一只驼鹿,但以后我再也不会冲驼鹿开枪了,除非万不得已。"

他们回到老营地时,穆阿奇已经把剩余的行李搬过来了,一切就绪,准备过夜。晚餐很快就准备好了——美味的牛排、咖啡和热石板烤饼干(这是面粉、水和食盐混合而成的烘焙食品,罗德给它起了这样一个名字)。吃过饭后,三人在火堆前又坐了好久,因为天气还有一些清冷,所以他们在火堆前一边烤着火一边谈论着沃尔夫和它的冒险经历。罗德还在他遥远的故乡读书时,曾听说过、也读过许多关于野生动物的故事。罗德认为,如果他们能够在荒野中再次遇到沃尔夫的话,那么沃尔夫就会重新回到他们身边,罗德列举了好几个类似的故事。按照印第安人的谈话习惯,瓦比很有礼貌地听罗德把话说完,

然后才开口说道:

"罗德,那些故事都是虚构的。我在学校里的时候也读过许多关于野生动物的故事,绝大多数这样的故事都是虚构的。各种各样的人都去写一些荒野故事,但是成千上万的作者中没几个人真正地去过荒野。那些从来没有过荒野经历的人却敢写一些野生动物的故事,真是可笑!"

"瓦比,我来到荒野才几个月而已,但我却见到了很多比书上写的有趣得多的东西。"罗德说道。

"这当然了。"瓦比说,"有一点我需要说明,野生动物是这个世界中最奇妙的动物,如果我在你的故乡向别人讲述野生动物的真实习性和冒险经历的话,我肯定会遭到别人的嘲笑。你们那儿的作者总是喜欢虚构野生动物与人类之间的无比亲密的关系,把野生动物描写成性格像人的动物,实际上这是错误的。沃尔夫跟随着我们是因为它蒙昧无知,沃尔夫还是一只幼崽时就被我们逮住了,在它慢慢长大的过程中,穆阿奇和我都看出来了,沃尔夫不时地表现出渴望加入野生同类的欲望。我们知道,它重归荒野的一天迟早会到来的,它永远也不可能回到我们身边了。"

穆阿奇轻轻呜咽了一声,罗德赶忙转过身看着他:"你也是这么想的吗?穆阿奇!"

"沃尔夫一去不复返了!"

"但是动物也会思考,你说是吗?"罗德继续问道,对于他来说,这样的讨论真是太有趣了。

"动物会思考,也有记性!"

"一切动物都具有。"瓦比回答说,"我以前读过几个所谓的自然史故事,这些故事嘲笑那种认为野生动物具有思维能力的观念,认为野生动物的一切活动都属于本能。这样的故事也是错误的,就好比认为野生动物身上拥有人类的禀赋的故事一样是错误的。动物也会思考。母驼鹿停在平地上的时候,你认为母驼鹿不是在思考吗?难道它不是正在思考着当时的形势吗?它在头脑里思考着危险来自哪里?自己又该往哪个方向逃跑?除了思考能力之外,野生动物还具有本能。比如说动物的一个感觉,那是什么感觉来着?"

"方向感?"罗德说。

"对!方向感。比如说,熊走路时可没带指南针,但是熊却可以从这座山头开始沿着直线走上一百多英里,到达它的洞穴,跟鸟类可以直接飞回自己的巢穴一样,这就是本能。"

"那沃尔夫呢?"罗德慢吞吞地低声沉思道。

"带了打猎的包裹吗?"瓦比岔开话题。

穆阿奇自言自语:"去年冬天,大雪降临,现在是春雨时节了。两个月过去了,现在的沃尔夫很狂野,天地神灵认为这是对的,我也是这么想的。"

"他的意思是说这才自然。"瓦比说。

一小时之后,瓦比和穆阿奇已盖上毯子入睡了,罗德还独自坐在火堆旁,他静静思考着。然后,他起身来到小高地的边缘,抬头仰望那轮春天的明月,月亮正慢慢地浮在广袤而寂静的原野上空。这是多么美妙啊!文明社会中的芸芸众生没有几个人体验过这样的美妙。一阵风吹过来,在平原上窃窃私语。

他听到白杨树的枝叶婆娑作响的声音，遥远的地方传来猫头鹰模糊的咕咕声。渐渐地，眼睛困倦了，他沉重地倚靠在身边的岩石上，进入了梦乡，他梦到了刚才所看到的一切，而营地的火堆已经渐渐熄灭了，穆阿奇和瓦比正在酣睡之中，谁也不知道罗德不在他们身边。

罗德就这样不知睡了多久，然后突然被一声毛骨悚然的尖叫声惊醒了。罗德直挺挺坐在那儿，浑身颤抖。他想呼喊，但舌头顶着上颚怎么也喊不出声。发生了什么事？是瓦比吗？或者是穆阿奇？

几步之外有一块大石头，他看到大石头上面有什么东西正挪动着，那个东西又长又软，在月光下闪着银白色的光泽，他知道这是一只猞猁。他悄悄把手伸到猎枪那儿，猎枪此时已滑落到双膝之间了，这时候猞猁又发出了一声毛骨悚然的尖叫。尽管罗德明知道是只猞猁，但他听到尖叫还是吓得浑身颤抖，这简直是濒临死亡的人的痛苦而绝望的号叫。罗德端起猎枪，月光下子弹嗖地射出！营地方向传来一声呼叫，罗德站起身，后悔自己开了枪，他忽然想起，自己应当好好观察观察这只猞猁，猞猁被称为野生动物中的夜间盗贼，猞猁的皮毛在春季根本不值几个钱。他小心翼翼地走到大石头边，猞猁不在那儿。他绕着大石头走了一圈，端着猎枪，随时准备再次开枪。猞猁跑掉了，他没打中！

穆阿奇和瓦比在岩石的那一边碰到了罗德。

"这一次不是武诺咖人吧？"穆阿奇笑着问道，他想起了上一次发生在同一个地方的有惊无险的故事，"打死了吗？"

"溜掉了！"罗德答道，"它的叫声可真吓人！"

然后罗德跟着瓦比和穆阿奇回到营地睡觉，直到黎明才醒来。这天早晨是这个草木萌发的春天中一个少有的良辰，天气很暖和，空气中弥漫着新生命的甜美的芬芳，这样的美景显然是对三位冒险家心灵的一种滋润。前一天的担忧已烟消云散，现在他们开始吹着口哨、唱着歌儿，愉快地说笑着往山下走。穆阿奇走在前面，罗德和瓦比扛着背包走在后面，罗德和瓦比才走了两英里的路时，就遇到穆阿奇回来搬运第二趟了。中午之前，皮划艇和各种行李都已安全地搬到了河流边，三位寻金者一直休息到午饭过后。几个星期之前，罗德还能轻而易举地跳过这条小溪流，而现在，这条小溪已成了一条宽阔的波涛汹涌的河流，在有的地方还聚成了小水潭。与从高山上流下来的奥姆巴贝卡河不同，这条河几乎没有支流，这让他们非常高兴。

"我们今晚就能到达小木屋！"穆阿奇说，"我们今晚就开始装金子了！"

整整两个小时，往上游划桨的穆阿奇都没怎么说话，当他们临近去年冬天与武诺咖人激烈搏斗的地方时，他停下手里的桨，冲着正聊天的罗德和瓦比点点头，然后嘟囔道："去年冬天在这个地方，我们可是差一点就没命了啊。"当瓦比再次提及沃尔夫时，坐在船头的穆阿奇忽然转过头来，良久，他手中的桨都举在半空中不动。坐在船尾的瓦比身子往前倾了倾，捅了一下罗德。罗德一下子就懂了，他明白，在所有人当中，最舍不得沃尔夫的人就是这位忠诚可靠的老领路人了。

当穆阿奇回想起许多年之前自己生命中的那场痛心的悲剧时，他就多少会表现出一些野蛮和疯狂。他们结束皮划艇的逆流航程后，穆阿奇一声不吭地把包裹扛在肩头，向着平原出发了，他一句话也不说，脸上也没有一丝表情。

当罗德准备撵上穆阿奇制止他时，瓦比说："没用的！谁也劝不住穆阿奇的。他打算今晚去老营地那儿，狼就是在那儿消失的。他得明天早晨才能回来。"

穆阿奇继续往前走着，头也不回，然后从同伴的视野中消失了。穆阿奇眼中充满着唤醒的激动的怒火，他步伐很快，但很谨慎，每往前走一步就机警地聆听着周围并观察着。如果谁此时见到穆阿奇的话，他准会说穆阿奇正在机警地注意猎物或危险，但是他的猎枪还锁着，一点儿也不去留意地面上熊的新足迹。当听到什么东西钻进右边的灌木丛中时，他只斜着眼看了一下——是一只公兔被他吓得逃进灌木中。他不是来寻找猎物的，他也不会被可疑的危险吓住。在松软而潮湿的地方，他的步伐慢起来，眼睛瞪着地面，当看到地面上的一个斑点后，他突然停了下来。在他的面前是几个清晰的狼爪的痕迹。

穆阿奇轻轻"啊"了一声，扔掉包裹，蹲了下来。此刻，他双眼冒着凶恶的火焰。这条路上存在着什么疯狂的东西，他匍匐在松软的土地上，从一个爪印爬到前方的另一个爪印那儿，总是在右前爪的爪印儿脱离路线的地方停下来。这是沃尔夫的爪子，穆阿奇的圈套当初就是夹住了这只爪子，这只爪子上少了两个脚趾。爬过山岭到达山下的一个隐藏着的小湖时，已是太阳落山时分。天边最后一抹苍白的光彩涂抹着身后的森林时,他取下包裹将其放在破旧的小木屋旁的灰烬边。他在那儿休息了许久,他注视着去年冬天他们在这儿浴血奋战时所留下的已经变黑的痕迹。想起那次搏斗,他就不由得热血沸腾。他想起那个亡命的部落,想起他和罗德翻过山岭将小木屋点燃了,想起他们营救瓦比的事情来。

穆阿奇回到包裹边坐下来,这时夜色已经降临,但他还不打算生火。他身上带着食物,但他却不想吃。森林的阴影越来越浓,山峦上笼罩着的雾气也越来越浓。他静静坐在那儿,仔细聆听着什么。他听到夜晚的声音正轻柔而悄然地来临:大地坠入黑暗时所惊醒的鸟儿的咕咕鸣叫,猫头鹰的啼叫声,猞猁从遥远的地方传来的嚎啕声的回声,水貂跳入湖里的声音。现在,风开始在香脂树间窃窃私语,唱起了古老的关于孤独、荒凉和神秘的歌谣,穆阿奇伸展了一下身体,抬头遥望山顶上冉冉升起的红色的月亮。又过了一会儿,他站起身,把猎枪拿在手中,爬到山顶之上,在他的脚下,是连绵着的荒原,这片荒原一直连绵到北冰洋——狼就在这片荒原上的某个地方!

月亮已升得很高。穆阿奇背靠在一棵白色的没有树皮的树木上,一动也不动,宛如一块石头,这棵树的汁液几十年前就干涸了。他正站在那儿的时候,听到一个声音。他转过头来,一个声音从倒塌在地上的碎圆石堆间传来,好像是一块小石头碰撞到一块大石头的声音。他正往那儿看时,圆石的阴影中射来一颗子弹并响起一声枪响,穆阿奇赶紧趴倒在地,紧接着是一声野兽般的惨叫,听得人脊背发凉,穆阿奇趴倒在地后,惊恐得大叫一声。听到神秘的枪声后,他本能地立马趴倒在地上。他趴在那儿像死了一样，尽管他并没有被打中。他小心翼翼地将猎枪端在肩前，但是石头那儿现在却一点儿动静也没有了。

然后，在下坡的半山坡处，再次传来一声惨叫，穆阿奇明白，荒野中任何动物的声音都不是这样的，那是人的声音，但却比他所经历的任何恐惧的东西都更可怕。他匍匐在地上，浑身颤抖，恐惧传遍了他全身。号叫声一声又一声地传来，但是却越来越远。夜间的动物都被惊吓得不敢发声，穆阿奇一下子哭泣起来。直到声音在几英里之外消失之后，这位老勇士才敢挪动自己的身子。此时，号叫的回声也已经消失了，只有风吹过山顶时的沙沙声。

第十一章　峡谷中的哀号

穆阿奇的世界是由荒野和野蛮的东西构成的。他的世界，直到今晚为止，从来不知道有什么人或者动物能发出刚才所听到的瘆人的号叫。因此，他匍匐在那儿足足有一个小时，一动也不动，浑身战栗着，心中是莫名的恐惧，他试图弄明白到底发生了什么。慢慢地，他终于缓过神来。

他被瞄准开了一枪，他听到了子弹从头顶呼啸而过的声音，他听到子弹射入身后的树干上。他所注视着的野兽般的石头中藏着一个人，但他是什么样的人呢？他想起了自己部落的居民们在很久之前的战斗中的号叫，想起了自己的部落的敌人们的号叫，但任何一种声音与刚才子弹过后的号叫声都不相似。他现在还仿佛能听到那些号叫声，那些号叫声就反反复复萦绕在自己耳边，让自己脊背发凉。他越是想弄明白是怎么回事，莫名的恐惧就变得越强烈，后来他像山坡上的动物一样，穿过凹地，潜逃到平地上。莫名的恐惧紧紧跟随着自己，他很害怕，他匆忙沿着来时的路跑回去，片刻也不敢停下来，跑回营地处的火堆那儿时，罗德和瓦比正坐在那儿呢。通常情况下，印第安人都喜欢掩饰自己的恐惧。但是今晚，穆阿奇的经历已经超越了自己部落的居民们的认识范围了，他战战兢兢地把刚才的事情讲述给罗德和瓦比听,正讲着的时候,一只大白兔突然蹿到了火堆边,把穆阿奇吓得一下子又哆嗦起来。罗德和瓦比惊讶地听完穆阿奇的讲述后,瓦比问道:

"会不会是武诺咖人?"

"不会是武诺咖人。"老勇士急忙摇了摇头,"武诺咖人的声音不是这样的!"

他从火堆边走开,披着毯子,钻进罗德和瓦比搭建的棚屋里。罗德和瓦比大眼瞪小眼地看着对方,谁都无话可说。

"穆阿奇遇到了最不同寻常的事情。"瓦比终于打破沉默,"以前我从没见到过穆阿奇像今天这样。其实很容易猜想出是谁开的枪,有一些武诺咖人仍然在这儿,其中的一个武诺咖人发现了穆阿奇,就冲着他开了一枪。但号叫声呢?怎么解释那个号叫声?"

"你有没有想过,"罗德凑近同伴的耳朵低声说道,"是不是穆阿奇的想象力让他今晚有些反常?"他看到瓦比脸上不认可的神色后,停下了话语,然后继续说道:"我不是说他在故意虚构故事。他站在山顶上,然后突然射来一颗子弹,传来一声枪响,子弹就贴着他的脑袋呼啸而过,几乎就是在同一个瞬间,或者说片刻之后。对了,你还记得那只猞猁的尖叫声吗?"

"你认为那是一只猞猁?猞猁被枪声惊吓了,然后尖叫一声逃往平原?"

"对!"

"不可能!听到枪响之后,猞猁会一动也不动像死了一样!"

"任何事情都有例外!"罗德坚持道。

"绝对不是猞猁！"瓦比斩钉截铁地说，"动物不可能发出这样的声音。穆阿奇比狮子还勇敢，如果是猞猁的话，穆阿奇只会兴奋，怎么会害怕？无论是什么声音，总之这个声音让穆阿奇害怕了，让穆阿奇变成了一个懦夫，然后他就跑开了，一直跑回我们的营地！是吧？这像是穆阿奇吗？我告诉你，那号叫声是——"

"是什么？"

"是什么非常罕见的东西发出的。"瓦比平静地说道，然后站起身，"也许明天我们会有更多的发现。根据现在的情况，我们今晚得在营地上轮流放哨才行。我先去床上睡一会儿，待会你喊我起来。"

瓦比的话和他奇怪的举止让罗德局促不安，刚才还在跟瓦比讨论，现在却是自己一个人孤单地坐在火堆前，罗德总感到有什么潜在的危险就要到来。良久，他静静地坐在那儿，盯着火堆那边的黑影，听着夜间的各种声音。他不停地思考，他想象着一幅又一幅危险可能到来的画面，然后他离开火堆，藏身于矮树丛的幽暗之中。他从这儿可以看到营地，同时在这儿很安全，不会被子弹射中。

这一夜度日如年，后半夜的时候，瓦比起床过来替换自己，罗德这时候才露出笑脸。拂晓时分，他被瓦比喊醒。穆阿奇早已起床，已准备好了他的包裹。穆阿奇恢复了昔日的精神，但是罗德和瓦比看得出来，在饱满的精神后面，昨晚的恐惧仍然伴随着他。这天上午，穆阿奇并肩走在罗德的身边，而不是像往常那样走在他和瓦比前面，罗德和瓦比把皮划艇从肩上放下来休息时,穆阿奇也跟着休息,但穆阿奇的眼睛时时刻刻都机警地注意着这里的平原和远处的山岭。当穆阿奇绕过一块大石头查看时,瓦比低声说道:

"罗德,这太奇怪了,太奇怪了!"

一个小时之后,老勇士穆阿奇停了下来,放下自己身上的行李。三个人离山间的凹地不到四分之一英里了。"把皮划艇放在这儿。"穆阿奇说道,"像狐狸一样回到老营地,去看一看!"这一次穆阿奇走在前面,罗德和瓦比跟在后面。穆阿奇端起猎枪,罗德和瓦比也跟着端起猎枪,准备随时开火。他们快到达山顶时,罗德和瓦比变得格外忧虑和警觉,要知道,穆阿奇就是在这儿经历了一次大劫。穆阿奇的行为不仅让他们吃惊,也让他们跟着生出莫名的恐惧。瓦比已目睹过穆阿奇经历致命危险的情形,但穆阿奇从来没有像今天这样小心翼翼,即便是武诺咖人追踪到他们的踪迹时,穆阿奇也不是这样子的。穆阿奇每走几步就要停下来,仔细聆听和观察一番,即便是鹿皮靴踩到最细的小树枝的声音也会让穆阿奇停下来,即便是最小的鸟儿飞过,即便是矮树丛发出一丝的颤抖,即便是一只野兔奔跑而过,也都会让穆阿奇停下来,让穆阿奇站在那儿端着猎枪一动也不动。没过多久,罗德和瓦比也被穆阿奇感染了,都生出无端的恐慌。让穆阿奇感到恐惧的是什么东西?他是不是看到了什么东西但没有告诉他们?

三个人一步一步地走到山顶。穆阿奇伸展了一下身体,然后笔直地站在那儿。周围连一只动物的影子都没有。他们能辨认出已烧毁的小木屋的残渣,去年冬天他们就是在这个小木屋中度过了一段时间。这附近有一个包裹,是穆阿奇昨天晚上丢在这儿的,这个包裹没有人动过。瓦比的脸色缓和起来,罗德也放松了些,然后轻轻笑起来。有什么值得害怕的呢?他质问般地看了看穆阿奇。

"那些石头,那棵树!"穆阿奇回答着罗德的质问,"号叫声就是从那儿传来的!"他指着再远一点的平地说。

瓦比已经走到树边了。

"往这儿看,罗德!"

"天哪,好险!"穆阿奇指着平滑的白色树干表面上一个很小的新鲜洞孔说,然后罗德和瓦比赶紧围过来。

"站到那儿,穆阿奇!站到枪响时你所站的位置。天哪,子弹离你头顶只差两英寸!难怪你会把猞猁的尖叫声当成是其他声音了!"

"不是猞猁!"穆阿奇的脸色一下子阴沉下来。

瓦比哈哈大笑:"请不要生气,如果你不高兴的话,我以后不再这样说了。"

罗德取出猎刀,开始挖那个子弹孔。"我能感觉到子弹了。"他说,"还有不到一英寸就是子弹了。"

"真奇怪!"瓦比一边大声说着一边凑近他,"子弹应该射到树干的一半深才对。你说是吗,穆阿奇?我不相信这颗子弹能射伤——"

罗德突然停下来,转过身,惊喜地大叫一声。他拿着自己的刀子,刀尖朝上,用另一只手的食指指着刀尖。瓦比的目光落在了刀尖上,穆阿奇也盯着刀尖。足足有半分钟之久,三个人都目瞪口呆地站在那儿。刀尖上粘着少许黄色的碎片，在阳光下闪烁着灿烂的光泽，罗德慢慢地转过身把刀子展示给自己的同伴看。

"又是一颗金子弹！"

瓦比说出这句话，瓦比的声音很低，犹如沙沙的风声吹过。穆阿奇仿佛已经停止了呼吸。

"这是怎么回事呢？"瓦比说。

瓦比收回刀子，继续往树干里挖，又深挖了几刀之后，金子弹就暴露出来了。

"这是怎么回事呢？"罗德重复道。

他又问穆阿奇是怎么回事。

"朝熊开枪的那个人没有死！"穆阿奇答道，"同样的枪，同样的金子，同样的——"

"同样的什么？"

穆阿奇眼中闪过一丝奇怪的光，他还没说完就转过身用手指向他们与神秘的峡谷之间的平原，他们就是要在那块平原上寻找黄金的。

"尖叫声去那儿了！"他短促地说。

"到峡谷那儿了！"瓦比说道。

"到峡谷那儿了！"罗德重复道。

三个人不约而同走向开枪的地方。他们肯定能在开枪的地方发现些什么痕迹，或者在下面的平地上发现些什么痕迹，下面的平地上，融化的雪水已经让冻僵的泥土变得松软了。穆阿奇领着他们两个搜查，一步一步仔细检查着神秘的开枪人扳动扳机时站立的位置。但是开枪人没留下任何蛛丝马迹。三个人开始肩并肩往山坡下走。距离平地的路程走了还不到三分之一时，走在罗德和穆阿奇之间的瓦比惊呼着说他有了新发现。罗德赶到瓦比身边时,穆阿奇早已过来了,穆阿奇和瓦比此刻正静静盯着矮树丛上什么微微颤动着的东西看呢。

"猞猁毛!"罗德惊叫起来。

"一只猞猁从这儿经过!"罗德掩饰不住内心的惊喜。昨天晚上他还在推测这是一只猞猁呢,原来把穆阿奇吓得半死的声音是猞猁发出的!

"不错,一只猞猁从这儿经过,这只猞猁有四英尺高呢。"瓦比镇静地说道。瓦比嘲讽的语气让罗德意识到,这片广袤的旷野中还有很多很多东西需要自己去学习,"猞猁是没有这么高的,罗德!"

"那么这是——"罗德又开始害怕了。

"是猞猁毛,这是猞猁毛。昨晚开枪的人穿了一件用猞猁毛做的衣服!"

"那么,你能告诉我们这是怎么回事儿吗?"

瓦比没有回答,就继续开始搜查了。但是山坡上再也没有其他证据了,平地上连一个脚印也没找到。如果使用金子弹开枪的那个神秘人从山顶跑到这片空地上的话，那么他应该会在身后留下几对脚印才对。一个小时之后,罗德和他的两位同伴回到了皮划艇中,将他们的行李放入凹地中的包裹里,然后开始准备午餐。他们的忧虑和害怕,特别是穆阿奇的恐惧感,已消失了一大半儿。但与此同时,他们却感到更加奇怪。他们的前方存在危险，金子弹的威胁确实存在，三个人都这样认为，然后中午的阳光和看起来貌似合理的推理驱散了他们昨晚的迷信的恐惧，他们开始像往常一样满怀信心地面对新情况了。

"我们不能让这件事耽误我们的行程！"吃饭的时候，瓦比提醒道，"傍晚时分我们应当到达峡谷入口处我们的老营地，去年冬天，我们就是在那儿让武诺咖人陷入绝境的。越是早一些避开这些金子弹，我们也就越有利！"

穆阿奇耸了耸肩。

"我猜金子弹也会跟到那儿！"瓦比大声喊道，"号叫声也会跟到峡谷那儿！"

"不管他是谁，我不信这个人会一直跟着我们。"瓦比继续说道，并向罗德使了一个眼色。"罗德，我们得把那声号叫从穆阿奇的脑海中弄出来才行，否则我们永远也找不到我们的金子！"当穆阿奇去整理自己的包裹时，瓦比诚恳地对着同伴低声说道。

"穆阿奇害怕的不是子弹，也不是金子，他不害怕大地上的任何东西，折磨他的是号叫声。他试图不让我们知道是怎么回事，但即便他不说，那声号叫也仍然折磨着他。你知道他在想什么吗？不知道？我知道！跟他的部落里的其他人一样，穆阿奇很迷信，那两颗金子弹，毛骨悚然的号叫声，以及我们在平地上找了许久都没有找到脚印的事情，一切让穆阿奇得出了一个结论：冲着他开枪的人是——"

瓦比暂停了一下，擦了一把脸，罗德发现瓦比正强压着罕见的兴奋。

"他怎么想的？"罗德追问道。

"我不能确定,不是非常确定,但是——"瓦比继续说道,"穆阿奇的部落中流传着这样一个传说,每一代的印第安人中,都会有一些人被天地神灵派来的一名可怕的武士杀死作为祭品,因为印第安人以前曾经犯过极大的过错。天地神灵派来的这名武士,尽管看不见,却能发出震动山川的声音,他用手中的弓射出金子做的箭!你明白了吗?昨天晚上穆阿奇说梦话的时候说出了这件事。我们要么再听到这个号叫声然后找出更多的关于号叫声的信息,要么我们赶紧去一个听不到号叫声的地方。如果我们不当心的话,金子弹和号叫声以及穆阿奇的迷信会比武诺咖人更可怕!"

罗德惊讶地说:"一个人冲着熊开了一枪,然后同一个人冲着穆阿奇又开了一枪,每一次开枪时他用的都是金子弹。毫无疑问——"

"问题不在于是哪个人开的枪。"瓦比打断罗德的话,"问题在于那声号叫。穆阿奇已收拾好他的包裹了,我们现在就动身去峡谷吧!"

这一次,罗德和瓦比身上背的东西比往常要多得多,因为他们将穆阿奇背着的东西中的一半都放到了皮划艇中,也正因此他们往峡谷那儿走的速度比他们走过平地时的速度慢了很多。他们抵达峡谷缺口时,天都快黑了。他们小心翼翼地往下走的时候,罗德想起了追击武诺咖人部落时惊心动魄的情景来,仅仅在几个星期之前,他和瓦比一起抢救受伤的穆阿奇和逃命的时候，发现了这个缺口。三位探险家怀着敬畏的心态穿入山间的这条神秘的缺口的寂静的幽暗之中，他们抵达缺口底部的时候，默不作声地将身上的东西放下来，来回打量着黑色的石壁，心脏兴奋地怦怦跳个不停。

他们就要从山间的这个缺口处开始一场浪漫之旅，而这场浪漫之旅的地图竟然是几个死人画的，他们踏上这场浪漫之旅是为了寻找黄金。

三个人静静地坐在那儿，峡谷中的幽暗越来越浓，太阳已经落在了西南边的森林之下了，白昼即将消失的光亮从山岭间狭窄的裂缝中穿来，消融在薄暮的阴暗之中，虚弱地投入山谷深处。好几分钟的时间，三位冒险家都为白昼的光亮这么快就消失在夜幕之中而感到吃惊。峡谷的孤寂与荒凉中有什么东西在等待着他们？会把他们引导到哪儿去？罗德的脑海中浮现出一只银狐的画面，他想起了他做的那个梦，在那个梦中，他在陡崖环绕着的禁闭的怪异而又阴暗的世界中走了好几英里的山路去探索奥秘。他再一次看到了跳舞的骷髅，听到了白色骷髅发出的咯吱咯吱声，他望了望梦中战斗的地方，这个地方引导他找到了那张桦树皮地图。罗德的双眼在渐增的黑暗中闪着光，他想起了从野蛮的歹徒那儿逃跑的情形，想起了穆阿奇……

罗德微微往穆阿奇那边看了看。穆阿奇像一根石柱子一样坐在那儿，离自己只有一胳膊那么远。他拳头攥紧，眼睛冒着奇异的光，直直盯着峡谷两壁之间的幽暗。罗德打了一个寒颤。他知道，穆阿奇正在想那声号叫。

正在此时,前方黑暗的混沌之中飘过来一个声音,这个声音很低沉也很怪异,就像冬天的风穿过松树顶时的声音一样,声音涌动着,向前移动着,然后变成了一声号叫!号叫的回声回荡在峡谷之间,然后变成了号啕大哭的声音,三个人呆坐在那儿听得脊梁骨发凉!

第十二章　瓦比的新发现

可怕的号叫声过后,穆阿奇首先打破了沉默。穆阿奇的声音有些哽咽,犹如有一只看不见的手掐住了他的喉咙一般,他从坐着的石头上滑落下来,蜷缩在石头后面,他冲着峡谷举起猎枪。瓦比拿起枪时的咔嗒声响起,瓦比向前弯着腰,他成了夜间的幽暗之中的一个模糊的黑影。只有罗德还静静地坐在那儿。好久,罗德的心脏似乎停止了跳动。然后什么东西进入了罗德的脑海中,紧接着进入了他的血液中,抵达他的脚上,关于那声号叫的认知让他哆嗦起来! 这不是从荒野中学得的,而是罗德刚刚学来的。一旦他开始思考,他就想起了文明社会中的冲突、悲惨和疯狂,他发现了峡谷上飘荡着的可怕的号叫声。他曾经听到过一次这个声音,是两次,对,两次,这个声音已经深入到了自己的灵魂中。他扭头去看自己的同伴,想跟他们说话,但是罗德紧张至极,以至于舌头都弹不了。

　　“是一个疯子!”

　　瓦比狠狠掐了自己一下。

　　“是什么?”

　　“疯子!”罗德重复道,试着以平静的口吻说话,“冲着熊开枪,冲着穆阿奇开枪并且使用金子弹的人是一个脑子有问题的疯子！我以前在底特律附近的爱洛维丝精神病院的时候听到过这种声音。他就是——"

话还没说完，他的嘴唇就僵住了。号叫声再次在峡谷间回荡起来，这一次的号叫声比上一次更近一些。瓦比听到穆阿奇发出惊恐的啜泣声，穆阿奇以前可从没有这样啜泣过，穆阿奇的手使劲抓住了罗德的胳膊。黑暗遮掩了穆阿奇的脸，但是罗德可以从他紧紧抓住自己胳膊的手感受到他的恐惧。

"是个疯子！"罗德大声嚷道，突然，他狠狠地抓住了穆阿奇的肩膀。瓦比向前蜷缩着，准备第一个向幽暗处开枪射击，罗德将瓦比的猎枪往后一拉。"不能开枪！"他命令道，"穆阿奇，别傻了！那里是一个人，是一个遭受了无尽的痛苦和饥饿的人！然后他就发了疯，我们不能杀死他！

罗德停下来，穆阿奇往后退了一步，深深吸了一口气。

"他饿极了，没的吃，就变成了一只疯狗？"穆阿奇轻声问道，瓦比来到了他的身边。

"是这样的，穆阿奇，他已经变成了一只疯狗，就像我们的猎狗如果吞咽了鱼刺会变成疯狗一样。人在极度饥渴的情况下，可能会变成疯狗！"

"我们伟大的天地神灵告诉我们说，我们不能去伤害他们。"罗德说，"我们得把他们放进很大的宅院里，比驿站那儿的任何宅院都还要大的宅院里，终生给他们饭吃，给他们衣服穿，照顾他们。你害怕疯狗吗，穆阿奇？那么你害怕变成疯狗的人吗？"

"疯狗咬出的伤口会很深，因此我们得杀死他才行！"穆阿奇还是如此坚持。

"但是,除非万不得已,我们不能朝他开枪!"瓦比坚持道,他机敏地更改着罗德的说话方式,"我们难道不是该帮助猎狗取出它们喉咙里的鱼刺吗?因此,我们也必须拯救这个疯子。他认为所有人都是他的敌人,正如疯狗会认为所有其他的狗都是它的敌人一样。因此我们必须小心谨慎,不能给他向我们开枪的任何机会,但是我们绝不能去伤害他!"

"如果我们不让他知道我们在峡谷里,那将是最好不过的。"罗德说,"他很可能是要去平地那儿!他肯定要经过这个缺口,经过这个山坡。我们把我们的东西往边上挪开一些,给他让开路。"

瓦比和罗德走向皮划艇的时候,他们的手握在了一起。罗德冰凉的手掌让瓦比惊呆了。

"我们太过于专注穆阿奇了。"瓦比低声说,"他不会开枪了,但是——"

"我们得开枪。"罗德回答说,"这得靠咱俩了,瓦比!我们必须机智地判断,不然我们就可能一命呜呼!"

"啊!"瓦比打了一个寒战。

"如果他今晚发现不了我们,那我们明天就避开他。"罗德继续说道,"不要开枪,也不要说话,我们要像死了一样别动弹!"

将行李藏到石头中间之后的很长一段时间内,瓦比都坐在穆阿奇的身旁,对着穆阿奇的耳朵小声说着话。然后他才回到罗德身旁。

"穆阿奇从没有看到或听到过疯子,因此他很难理解什么是疯子。但是他现在懂了,他也懂得自己该怎么做了。"

"沙沙沙——"

"怎么回事?"

"我想我听到了什么声音!"罗德小声说,"你听到了吗?"

"没有。"

两人都仔细聆听,此刻,峡谷间是可怕的寂静,只有远处汩汩的流水声打破这静寂,怪异而寒冷的静寂中两个年轻的猎人听得到自己激烈的心跳声。对于罗德来说,这几分钟就像几个小时一样漫长。他的耳朵保持着最高度的紧张状态,他的眼睛注视着远处的黑暗,以致眼睛和耳朵都生疼生疼的。每一秒钟,他都期待着再次听到那可怕的号叫声,这一次距离非常近,他准备好了跟疯子来个正面战。但是一秒秒过去了,然后一分钟一分钟过去了,疯子疾步快走的脚步声仍然没有响起,号叫声也没有再次响起。疯子转身去相反的方向了吗?他已深入到山谷之间的神秘世界的黑暗之中了吗?

"我想我猜错了。"罗德低声对瓦比说道,"我们去取毯子吧。"

"我们可以更舒服一些。"瓦比答道,"你坐在这儿继续放哨,我去解开包裹。"

他无声地向穆阿奇走去,穆阿奇正靠在包裹上,罗德能听得到瓦比和穆阿奇摸索包袱的声音。过了一会儿后,瓦比回来了,与罗德一起在刚才坐着的石头边摊开毯子。尽管经过一整天的劳累之后他们已很疲倦,但两人谁也没有睡意。他们肩挨着肩紧紧坐在一起，罗德悄悄取出他的左轮手枪，静静地抚摸着扳机，手指可以感受到冰冷冰冷的钢管，他明白，自己是三个人中唯一一个清醒意识到自身危险处境的人。

穆阿奇尽管思考能力不是很强，他理解那些不属于荒野的事物时反应有些慢，但此时他已经接受了罗德和瓦比的保证和解释。瓦比只有在感受到实实在在的危险的时候才会恐慌，这与罗德是不同的。在文明社会中，有什么比遇到一个疯子更可怕的事情呢？而这个疯子却不在疯人院里！此刻，那个疯子也许正在几英尺外的地方偷听他们的呼吸和低语呢。每一刻都可以看到黑黢黢的影子，每一刻都可以看到可怕的东西。与瓦比不同，罗德明白，峡谷间的这个怪物的力量要比他们强大，他可以像动物一样悄无声息地灵巧地穿过黑暗，也许他在去平地的路上能够嗅到他们的气味并且感知到他们的存在呢。他现在很希望再次听到那声号叫。但现在这样的静寂意味着什么呢？疯子发现他们了吗？疯子此刻正在向他们靠过来但是他们却看不到吗？这些想法在他脑子里跳跃着，当瓦比在旁边轻轻地碰了碰他的时候，他吓了一跳。

"往那儿看，峡谷那儿！"瓦比低声说道，"看到石壁上的光辉了吗？"

"月亮！"罗德答道。

"对！我一直都注视着它，月亮现在越来越往下了。马上就要穿过山间的缺口了。十五分钟之后我们就能看到月亮了。"

"注意看光亮往下了！我们将有好几个小时都能看到月亮了。"

他站起身来，但立马就被一声毛骨悚然的号叫声吓得缩了下去。疯子的号叫声第三次传来！这一次，是从远离他们的地方传来的，从月光照亮的平地上飘过来！

"他从我们身边走过去了！"瓦比惊呼道，"他从我们身边走过，我们却没有觉察到！"他站起身，声音激动，他的声音在山谷间回荡："他从我们身边走过，我们却没有觉察到！"

穆阿奇怪异的声音从黑暗处传来。"不可能是人类！不可能是人类！"

"安静！"罗德命令道，"我们抓紧行动！快一点，把所有东西都搬到河边。疯子在半英里之外的平地上了，我们可以在他回来之前离开这里。我宁愿多被石头绊倒几次，也不愿冒被他的金子弹打中的风险！"

"我也是！"瓦比嚷道。

他们又开始忙碌起来，好像自己的性命就取决于下一步的任务似的。

穆阿奇扛着包裹蹒跚地走在前面，罗德和瓦比抬着不重的皮划艇和剩余的行李走在后面。他们已经来过峡谷一次，因此知道从哪儿去河边，十分钟之后，他们就抵达了河边。穆阿奇一刻也没犹豫，他将身上的行李放在地上，跳进了河里。月亮的边缘正出现在南方的山坡上方，借着月光，罗德和瓦比看到河水湍急，河水有穆阿奇的膝盖那么深。

"不算很深。"穆阿奇说道，"石头——"

"我以前沿着这条小河走了六英里远，河底平坦得像地板一样！"罗德插话说，"这一段没有石头带来的危险！"他不再压抑自己从不利处境中逃脱出来的愉快。

穆阿奇把皮划艇放入水中之后将小艇调整了位置，然后最后一个上了小艇，他坐在了老位置——船尾处，在这个位置上他可以最大限度地发挥能力来划桨。顷刻间，湍急的水流带着小艇向前而去。瓦比划了几下桨，并不起什么作用，然后就仰坐在船上。

"全靠你了啊，穆阿奇！"瓦比轻声说道，"我在船头一点劲也用不上。水流太快了，你需要做的是控制好小艇的方向。"

此时月光照亮了整个峡谷，三位冒险家可以清楚地看到前方一百码之外的地方。每过一分钟，水流就变得更快一些，河面也变得更宽一些，瓦比用船桨探了探，发现河水在不断地变深，到后来船桨已经探不到河底了。罗德的目光不停地留意着河岸上的熟悉标记，他敢肯定他知道杀死银狐的地方在哪儿，他让瓦比注意着去看这一地点。两边的石头就以更快的速度往后撤去，当月亮升得更高的时候，三位猎人看到，随着航程向前，这些小溪流的数目和大小也增加着，到后来穆阿奇开始感受到水流的力量越来越大，就让瓦比和罗德帮助他控制小艇。突然之间，当他们经过右侧的一堆大石头时，罗德大叫了一声："这儿是我梦到骷髅的那天晚上露营的地方！"他嚷道，"再往前，河流是个什么样我可不知道了。小心一点啊！"

瓦比猛地用力一划桨，皮划艇从黑色圆石头旁划过，距离大石头仅半船宽。

"前面像地牢一样黑，我能听得到水流冲刷岩石的声音！"瓦比喊道，"穆阿奇，将小艇带过来，如果你可以的话！"突然间传来木材断裂的尖锐声音,穆阿奇发出一声低沉的惊叫,他的木桨已从中间断裂。刹那间,罗德意识到发生了什么事情,他转过身,但是转身这一刹那所损失的时间几乎是致命的。罗德的手松开皮划艇的同时,小艇往一侧倾斜。瓦比发出一声尖厉的警告:"往那边的河岸划!往外划!往外划!"

瓦比将木桨捣入水流中,从穆阿奇后面发挥最大的努力,但是已经太晚了!前方一百英尺,水流徘徊在两座房屋般大的大石头之间,再往外面,罗德看到水面上的乳白色的泡沫在月光下翻滚着。但这仅仅是一瞥而已。皮划艇在两块大石头间以惊人的速度划过,水雾噗地喷上他们的脸,瓦比赶忙大声命令其他人抓紧脆弱的皮划艇的船舷。片刻间,罗德魂飞魄散,一声轰鸣充斥了他的耳朵,白色的搅动着的水雾掩盖了一切,然后皮划艇以突飞猛进的速度往前划去,然后他再次看到小艇划向圆石的边缘。

这里是一个大漩涡!瓦比已不止一次告诉过罗德这些山溪造成的变化不定的陷阱,一旦有倒霉的小艇进入到漩涡窒息的怀抱中,死亡就十有八九在等待着你。刚开始的时候罗德觉得好像是在黑色的温柔的大海上漂浮着没划动一样,因为既没有声音也没有急流。不到半只皮划艇的宽度之外,他看到漩涡白色的中心,他听到两块大石头之间的水流的飞奔声,他血液都凝固了,变化不定的下层逆流的声音很快就会把他们拖向死亡!罗德一下子想起了穆阿奇曾经告诉他的一个关于印第安人丧生于春汛的大漩涡中的故事,罗德的身体被颠簸起伏得比一周内所受的颠簸还多。他终于有了说话的能力。

"我们要跳下去吗？"罗德喊道。

"抓紧皮划艇！"瓦比尖叫着大吼一声，站起身半弯着腰，像要跳入洪水之中似的。石头间湍急的水流的冲力几乎将脆弱的皮划艇冲到致命的陷阱边缘，猛烈的冲力停止的时候，皮划艇又被吸回到漩涡那儿，瓦比吓得再次尖叫起来："抓紧皮划艇！"

话还没说完，他就站直了身子，然后像一只动物一样蹿进了靠近河岸的黑色的深水之中。罗德惊叫一声，站起身，打算像瓦比一样慌乱地跳入水中，但穆阿奇在后面高声制止了他，穆阿奇恼怒得咆哮起来："抓紧皮划艇！"

然后小艇猛地一个颠簸，船头往里面转动，船尾也猛地旋转起来，罗德措手不及地半跪了下去，差点跌倒。在这一瞬间，罗德扭过头，看到老勇士站起了身半弯着腰，跟刚才瓦比的姿势一样，穆阿奇正要跳下之时，发出了第三声警告："抓紧皮划艇！"

罗德赶紧抓紧了皮划艇，他知道这些命令是冲着他说的，并且是冲着他一个人说的。他同时还知道，同伴们不顾一切地跳入水中并不是因为胆小懦弱。但是，直到皮划艇靠岸然后他安全地跳下船为止，他一直都没弄明白到底出了什么事。

瓦比紧紧抓住那根系着皮划艇的绳子，才获得了拼命的机会。他大脑飞速地转动着，然后在紧要关头，在皮划艇就要被漩涡吸过去的时候，他一下子向岸上跳去，足足跳了七英尺远然后双脚落地！如果下面的水再深上十二英寸的话，那么一切都完了。

瓦比站在那儿喘着气，身上湿淋淋的，月光下他的脸煞白得跟漩涡里的泡沫似的。

"这就是你所说的我们将要到达的天国吗？"他喘息着说道，"穆阿奇，这是我们迄今为止所经历过的最危险的事情！这一次该把你揍得死去活来才对！"

穆阿奇此时在布满鹅卵石的岸上往回拉皮划艇，仍然没从刚才突如其来的惶恐中缓过神来，罗德走过去帮助他。

冒险家们此时才发现自己当下的处境很有意思。这一夜的经历对他们来说已经够奇特也够惊心动魄了，而现在又达到了一个完美的高潮！他们为了逃避疯癫的猎人，闯入了这个几乎让自己丧命的大漩涡中，现在他们从汹涌的大漩涡中逃了出来，却又进入了一个小小的由石头围成的没有出口的牢房，看起来他们永远也无法从这个石头牢房中出来了，至少在春汛的大水平息下去之前是出不去了。头顶上方，三面都耸立着陡峭的崖壁，唯一敞开的一面，则对着致命的大漩涡。

穆阿奇四下扫视了一遍，也不禁被这样的处境逗乐了，他咯咯地轻声笑起来。

瓦比站在那儿，双手插在浸湿的口袋里，对着洒满月光的石壁，扭过头对着罗德咧开嘴笑了，然后他看了看大漩涡，眼睛扫视了一遍头顶之上的天空。刚开始时他还觉得这样的地形太有趣了，再后来，瓦比脸上的笑容就消失了。

"如果那个疯子发现我们在这儿，他会不会嘲笑我们啊？"他低声说道。

穆阿奇绕着石壁慢慢踱步。他们被围困的空间的直径不超过五十英尺，石壁上连一个裂缝都没有，就算是一只松鼠被困在了这儿也休想逃出去。"石头牢狱太绝了！"老领路人说道。

"我们最好先吃晚饭吧，然后好好睡一觉。"罗德建议道，此时罗德早已饥肠辘辘，"当然，今晚我们不用担心野兽或人的袭击了！"

这句话多少让他们得到了一点安慰，寻找黄金的猎人们尽情美餐了一顿冷熊肉，准备睡觉了。夜晚异常地温暖，穆阿奇和瓦比将湿衣服挂起来晾干，钻进毯子里就睡觉了。罗德沉沉地睡了一整夜，第二天早晨才被瓦比喊醒。醒来时，瓦比和穆阿奇都已穿好了衣服，很显然，他们已起床很久了。罗德到河边洗脸时，吃惊地发现，他们所有的物品都已重新装入了皮划艇中，好像早饭之后就要立即启程一样。石头牢狱的正中央有一块平坦的石头，穆阿奇和瓦比早已把早餐摆放在了这块石头上，罗德来到这块石头边时，注意到同伴们都异常愉快。

"看起来你们像是在等着出发啊！"罗德冲着皮划艇点点头说道。

"是啊！"瓦比答道，"我们打算从大漩涡中游泳过去！"

看到罗德满脸疑惑，他又嘲笑道："准确地说，我们打算沿着大漩涡的边缘游泳过去。"他更正道："穆阿奇和我已经把所有的绳子和物品上所有的皮带都绑在一起了，连猎枪的背带都被绑起来了，所有的绳子和带子绑在一起总共有八十英尺长，早饭之后我们将让你见识见识如何充分运用它。"

　　勾不起食欲的冷熊肉、饼干和水,仅仅几分钟时间就被他们吃完了。瓦比领着路,到达了大石头的最边缘处,这块大石头是石头牢狱的东边的墙壁,他跳入水中,指导着让罗德去注视陆地上的伸入到溪流中的一小块儿地方,这一小块儿地方距离石头六十英尺。

　　"如果我们能够到达那儿。"瓦比说,"我们就可以绕着大漩涡的边缘游过去,进入主航道。沿着这块石头边缘的河水很深,但是下层逆流看起来不是很汹涌。我相信,我们可以做到。无论如何,这样试一试不会有什么危险。"

　　皮划艇现在被拉到了大石头的边缘处启动了,穆阿奇坐在船尾,瓦比让罗德坐在船身中部稍稍前面一点的船舱那儿。

　　"你必须划你左边的桨,每一分钟你都得使劲划。"瓦比建议道,"我得站在后面,手拉着绳子的这一端,这样的话,如果你们被大漩涡吸过去的话,我就把你们拽回来。明白了吗?"

　　"明白了,但是你怎么游过去? 哈哈!"

　　瓦比虚张声势地说道:"这样的小漩涡对我来说是小菜一碟!"

　　穆阿奇哈哈大笑起来,罗德不再多问什么,他按照瓦比的要求不停地使劲划着桨,直至皮划艇安全到达石头之外的陆地的那个小地方为止。当他回过头看时,瓦比已经将绳子捆在了自己身上,并且已经站在了水中,水漫过了他的腰部。穆阿奇发出一声信号,瓦比勇敢地游入大漩涡的边缘,就像一条巨大的鲦鱼,很快就平安无事地游过去了。不久他们就把皮划艇划到了主航道上,他们在这个地方再一次启动了皮划艇。

"如果整个航程都像现在这样危险，那么我们永远也到达不了黄金那儿。"当他们划入湍急的水流中时，瓦比说道，"一个疯子，一个大漩涡，一个石头牢狱，全都发生在一夜之间，我们哪能承受得了这么多的事情。"

"俗话说，好事多磨。"罗德答道，"说不定我们从现在开始就一帆风顺了呢。"

"也许吧！"穆阿奇在后面咕哝道。

到中午之前为止，皮划艇一直沿着峡谷飞速直下，没遇到半点危险。河流每往前一英里，山顶上流下来的洪水就让河流变得更宽也更深了一些，但是时不时地会遇到一块威胁他们航程的石头，浮木倒是没有遇到过。三位寻找黄金的猎人上岸吃午饭的时候，他们确信了两件事情：他们已经远远不在疯子的势力范围之内了；他们离第一条瀑布也没多远了。他们已经忘却了这些天以来所经历的艰辛和危险，激动地期待着第一条瀑布的声音和景象，因为这条瀑布与他们所要寻找的失落的黄金之间的关系是多么密切啊！这一次他们煮了一顿丰盛的午餐，单单是做饭和吃饭就花了一个多小时的时间。

航程重新启动的时候，穆阿奇坐在船头，扫视着前面的岩石和山峦。两个小时之后，他欢快地惊呼一声，一只手高高举过头顶向同伴打招呼。三人都聆听着。

湍急的水流的上面，微弱地听到远远传来的瀑布的轰隆声！

他们现在已经忘记了峡谷中被甩在后面的疯子，也不去关注其他事情，只关注着他们终于抵达三条瀑布中的第一条瀑布！这条瀑布将指引他们找到黄金。瓦比大声呼喊一声，回声久久回荡在山谷间，罗德也使足了劲大声呼喊起来，穆阿奇露出牙齿怪怪地笑起来。几分钟之后，瓦比示意让皮划艇靠岸。

"我们从这儿开始，搬着东西走吧！"他解释道，"那儿的溪流处，就可能是瀑布了！"

他们抬着皮划艇背着行李走了二三百码远，就到了瀑布那儿。确实如穆阿奇几个月之前长途跋涉之后所说的那样，这条瀑布是一条很小的瀑布，只有十一二英尺那么高。但是现在瀑布急流而下，响声如雷。沿着一条缓斜的小路，他们来到瀑布的下面，但在这儿没怎么停留就又赶紧出发了。

尽管从早晨开始到现在已经行了足足四十英里的路程，但这一天对于三个冒险家来说却是最为轻松和有趣的一天。在峡谷中急速的水面上，他们基本上没怎么使劲划桨，崇山峻岭之间的峡谷中不停变换着的景观让他们看花了眼睛。下午晚一些的时候，航程从向东北方航行改变为向正北方航行，在这个时候，出现了一处理想的驻扎营地的地方。一英亩或者更大面积的河岸上，有一处沙滩洼地，沙滩里全都是精细的白沙子，洼地的边缘处聚集着大量的干木头。

"这个地方真奇怪！"瓦比一边和他们一起往上拉皮划艇一边说道，"看起来像——"

"是一个小湖泊。"穆阿奇说道，"很久以前，这儿是一个小湖泊。"

"这儿的溪流的拐弯处将太多太多的沙子卷进了小湖泊中，因此水就进不来了。"罗德望着这个地方补充道。

瓦比往后走了几步，突然他停住了，他几乎是呼喊着向同伴兴奋地打手势。他的举止吸引着罗德和穆阿奇都往他这边跑去。

他们走过来时，瓦比正站在那儿默默地指着沙滩上的什么东西。

沙滩上，是一个清晰的人的脚印，一只没有穿长靴也没有穿鹿皮靴的脚走过湖床时留下的脚印，这只脚赤裸着没有穿戴任何东西！这只脚和此时正指着它的瓦比的颤抖着的手一样是赤裸的！

三位猎人吃惊地把目光从这个脚印上移开，迅速扫视着周围的湖床，然后发现，仅仅几个小时之前至少有十一二个没穿鞋的野蛮人在这处沙滩上蹦跳玩耍。

罗德看了一眼浮木，然后又看了看一些周围别的东西——他正无言地指着的地方存在着一些与此刻瓦比那煞白的脸色一样白的东西！

国际少年生存小说典藏

第十三章　第三条瀑布

其他人的目光随着罗德指着的方向望去。浮木的那一边升起一股薄薄的盘旋着的烟雾!

他们默默无语地站了足足一分钟之后,瓦比说道:"不管是什么人,他们一定看到我们或者听到我们说话了!"

"除非他们已经离开了营地。"罗德低声说,然后又警告道,"看仔细点!谁也不知道他们会是什么人。"他们小心翼翼地朝着烟雾处走去。

罗德是第一个登上浮木的人,然后他喊了一声。烟雾是从旁边的一根烧焦的木头上升起的,这根木头的一端盖着灰烬和泥土。瞬间,灰烬和泥巴的含义被罗德和同伴理解了——火是在岸上的,在岸上点火的人已经离开了,但是他们还打算回来。赤裸的脚在营地火堆的附近留下了很深的脚印,与烧焦的木头的一个顶端很靠近的地方散落着很多的骨头。穆阿奇挨个捡起了好几根骨头,仔细查看了它们。罗德与瓦比在岸上惊讶地注视着罗德,同时还防备着野蛮人的随时袭击,老勇士已经得出了一个结论,他招呼同伴将注意力放在沙滩上的脚印上。

"完全相同的脚印!"他大声说道,"所有这些脚印都是同一个人留下的！”

　　"不可能！"瓦比惊呼道，"有几千对脚印呢！"

　　穆阿奇嘟囔着蹲了下去。

　　"他右脚的拇指曾经折断过。所有的脚印都是这样的，看到没有？"

　　瓦比突然间很讨厌自己怎么如此缺乏观察力，他发现，穆阿奇所说的正确无疑。右脚拇指的关节以上部分往外扭歪了一英寸，是畸形的，在沙滩上留下了特殊的痕迹，其他每个脚印上也都留有相同的痕迹。瓦比和罗德正要赞叹穆阿奇，却突然又恐惧起来。穆阿奇抓起了一把骨头，说：

　　"没有蒸煮的肉，他是生吃的！"

　　"天哪！"罗德大叫道。

　　瓦比的眼睛中闪现出理解的光芒，他看了一眼错愕不已的罗德，这时候罗德也明白了其中的所有含义了。

　　"肯定是那个疯子！"

　　"对！"

　　"他昨天在这儿！"

　　"很有可能是前天。"瓦比说着，突然把脸转向穆阿奇，问道，"如果他直接吃生肉的话，那他为什么要生火呢？"

　　穆阿奇耸了耸肩，没有回答。

　　"无论如何，不是蒸煮的。"瓦比断言道，又检查了一遍那些骨头，"骨头上还剩有生肉的碎块。或许他是烤的，但仅仅把最外面的肉烤熟了。"

　　听了这个推测，老印第安人点了点头，转身去检查那个火种。木头的顶端上有两个石块，一个石块是扁平的，另一个是浑圆的，仔细查看了一会儿之后，他大叫了一声，要知道他平时可是很少这样惊叫的，只有在实在无法用语言来表达想法的时候才会这样大叫。

"疯子在这里制作子弹！"他吼道，紧紧抓住那两块石头，"看！金子！金子！"

罗德和瓦比赶紧凑到他身边。

"看！金子！"穆阿奇兴奋地重复道。

扁平石头的正中间有一层闪着黄色光泽的薄膜。只一眼，就什么都清楚了。那个疯子把浑圆的石头当作锤子使用，在扁平的石头上把金子捣成子弹的形状！他们心中已毫无疑问，他们在疯子的营地中。这天早晨他们已经远离荒野中的奇怪的疯子有五十英里了，但是现在疯子离这儿有多远呢？埋在灰烬和泥土下的火种表明，疯子不久还会回来。他夜晚和白天都会行动吗？有没有可能，疯子已经紧紧地跟在了他们身后？

"他走路快得跟一只动物似的。"瓦比低声对罗德说，"也许他今晚就会回来！"

穆阿奇无意中听到罗德的话，摇了摇头。

"他穿着雪地靴的话，穿过峡谷得走两天的时间。"穆阿奇断言道，他是根据自己去年冬天在雪地上走了好久才到达第一条瀑布的经历才这样说的，"他光着脚丫子踩着石头走的话，得走三天！"

"如果穆阿奇这么认为的话，我也这么认为。"罗德说，"我们可以把我们的营地从浮木的后面换到离沙滩更远的那边。"

瓦比没有反对,因此营地地点就这样选好了。不可思议的是,随着脚印、火、吃剩的骨头和疯子用来制作金子弹的石头的发现,穆阿奇看起来已经不怎么害怕疯子了,至少不像在峡谷中那样害怕了。他现在很坦然,因为他只有一个人需要对付,并且这个人还是一个已经"变成疯狗"的人,他的好奇心已经超越了警惕。他自信的神态也驱散了同伴们的担忧,因此三位冒险家这天晚上早早地就安然入睡了。这一夜倒也确实安然无事,没有任何东西惊扰他们。

　　拂晓后不久,沿着峡谷溪流而下的航程再次启动。主航道向北方急剧转折之后,这一地区的地表形态发生了巨大的变化。一小时之内,山岭的峭壁已经变成了被绿植覆盖着的斜坡,三位寻金者偶尔还会发现自己处于平地之间,这样的平地在每一边都延伸有一英里甚至更远。猎物的踪迹在岸边频繁出现,这天上午有好几次,驼鹿和驯鹿就出现在不远的地方。几个月之前他们进入荒野之中捕猎和设置陷阱的时候,这片地区还曾激起过罗德和同伴们的狂野的热情,而现在他们却没兴趣端起自己的猎枪。这天上午,他们预计的是在黄昏之前到达第二条瀑布,但看到峡谷里的湍流变得越来越慢、越来越稳并且最终变成一条很宽的河流的时候,他们就变得失望了。从地图上看,第二条瀑布距疯子的营地仅仅五十五英里远。天黑的时候,看起来还有十五英里的航程没走完。

　　罗德整个晚上都兴奋得没睡好觉。他试着入眠,但脑海中不停地浮现出失落的黄金的景象。第二天,他们就要走更远的路程,然后到达第三条也就是最后一条瀑布了。然后就是找到黄金了！但他们可能会找不到黄金，半个世纪的风雨沧桑也许已经抹平了以前的发现者们所留下的任何痕迹，这个想法无时无刻不扰乱着他的心。

翌日清晨，罗德第一个醒来，第一个将行李搬进皮划艇中。每一分钟，他的耳朵都机警地听着遥远的瀑布的声音。但是几个小时过去了，仍然没有一丝一毫瀑布的声音。中午来临了，他们已经行了六个小时了，他们行了二十五英里了！可瀑布在哪儿呢？

午饭后三人重新启程时，瓦比的目光中露出了担忧之色。罗德一遍又一遍检查着自己的地图，计算着被谋杀的英国人约翰·波尔所画的距离。现在第二条瀑布肯定不会很远了，但是一个小时又一个小时过去了，一英里又一英里被甩在了身后，三人所行的路程明明比瀑布本来应该所在的位置多了三十英里——如果那张地图是正确的话！暮色已经降临，他们停下来准备吃晚饭。一直到最后一刻为止，穆阿奇都没有说一句话。一种不快的感觉笼罩着三人，每个人都知道彼此的担忧是什么。

神秘地图的秘密是不是还没有被他们破解呢？

罗德越是这样想就越是担忧。自相残杀并且死于古老的小木屋中的两个人是死在驶向文明开化地区的路上的，他们随身带着黄金，他们打算用这些黄金换取食物和日用品。他们敢随身带着一张与皮划艇上的粗糙的草图一样的明确标明自己行踪的地图吗？这张草图的关键问题是不是自己还没有破解呢？

穆阿奇扛起猎枪消失在河畔的平地上，在吃完熊肉、喝完热咖啡之后很久的时间里，罗德和瓦比都在营火边上聊天。老勇士出去一个小时之后，忽然在河流下方很远处传来一声枪响，随即又响了两声，然后是第三声。过了几秒钟，另外两声枪响再次响起。

"是暗号！"罗德喊道，"穆阿奇让我们过去！"

瓦比赶忙站起身，将弹膛中的五颗子弹都射入空中："听！"

刚才枪声的回声还没结束，穆阿奇的枪声就再次响起。两个少年一句话也没说，赶紧跳入皮划艇中，此时皮划艇上的行李还没有被卸下去。

"他在河流下游几英里的地方。"瓦比说着，小艇就顺流而下了，"我很奇怪到底是怎么回事？"

"我能猜出个八九不离十！"罗德声音有些颤抖，掩饰不住新的兴奋，"他发现了第二条瀑布！"

这一想法让他们本已酸疼的胳膊充满了新的力量，皮划艇飞快地顺流直下。十五分钟之后，再次响起一声枪响，这一次枪响的地方距离他们不超过四分之一英里远，瓦比大声呼喊着应答穆阿奇，随即传来穆阿奇的应答声，然后，两人还没看到老伙伴穆阿奇之前，就已经听到了巨大的瀑布的轰鸣声！两人兴奋得不停地大声呼喊着，回声穿透了黑夜，老勇士的声音比瀑布的声音还大。他们上岸时，老勇士已经在恭候他们了。

"这条瀑布很大！"他欢迎道，"有很大的声音，也产生了很多急流！"

"好极了,哈哈!"罗德一遍又一遍地欢呼着,兴奋得手舞足蹈。

"太好了!"瓦比也呼喊道。

穆阿奇露出牙齿咯咯地笑,高兴地搓着油腻的双手。

最后,他们平静下来之后,瓦比说:

"约翰·波尔的测算能力也太差劲了吧?你说是吗,罗德?"

"或者是太聪明了吧。"罗德说,"天哪!我怀疑,他把五十英里左右的路程画得不准确,会不会是另有原因?"

瓦比看着他,没太明白。

"你的意思是?"

"我是说,从这儿到达第三条瀑布的距离,与这条瀑布与第一条瀑布之间的距离差不了多少!如果是这样的话,呃,我猜,约翰·波尔是故意这样画的!他太聪明了!如果我们明天到达最后一条瀑布的话,就有足够的证据说明他是故意这样画的,为了迷惑别人,也许是为了迷惑他那两位准备去文明开化地区的伙伴吧?"

"穆阿奇,我们已经走了多远了?"瓦比问道。

"是第一条瀑布与小木屋之间的距离的三倍了。"穆阿奇快速回答道。

"总共一百五十英里了——三天一夜的时间。我想这还不算是太远。按照地图,我们离第三条瀑布还有一百英里。"

"我们比地图上所示的第二条瀑布多走了顶多二十五英里!"罗德确信地说道,"我们先生起篝火,上床睡觉,我们明天有很多事情要做——得寻找黄金!"

第四天天还没亮他们就启程了。早饭是在营地的火堆边吃的，天大亮时，三位冒险家已经行了一个小时了。此时他们信心大增，已全然忘了疯子和金子弹的事情了，就剩下最后几个小时了，他们抑制不住内心的激动。有一次，罗德落在后面，想起这条路是疯子走过的路时就有点害怕，疯子的金子弹有可能就是从他们所要寻找的宝藏那儿来的，但是他现在不去想这种可能性。他相信，第三条就是最后一条瀑布并不是很遥远，尽管地图上画得比较远，他渐渐赶上了同伴，三个人都高度紧张地期待着瀑布的出现。前一天晚上穆阿奇制作了一支木桨，代替断裂的那支。一大早就有一只年轻的麋子从一百码之外的地方跑过去，但谁也没开枪，因为要想获得麋子肉，就得浪费一个小时的时间。

启程两个小时之后，地势又开始出现巨大变化。山岭从东西两边围拢过来，每往前一英里，河流就变得更窄一些，水流也变得更快一些，后来变成了河流在峡谷的石壁间流淌，静静的石壁是黑色的，就耸立在冒险家们的脑袋上方。山间的峡谷越来越黑暗、阴沉。头上，一千英尺或更高的地方，茂盛的红松林在峡谷的边缘投下厚重的阴影，白天的光线几乎在每一处都被完全遮掩了，这与另外一条峡谷很是不同。这条峡谷更深些、更黑暗些也更阴沉些。石壁下，幽暗得几乎与夜晚一样。峡谷中的孤寂是无声的，石头间连一只鸟扑扇翅膀或者叽喳而鸣的声音都没有；非常低弱的沙沙声清楚地传过来，令人惊恐。一旦罗德说话声音大一些，发出的声音就变得很大很大，响彻在石壁之间的深深的空洞之中，好像在大声喊叫一样。他们现在停止了划桨,穆阿奇驾驶着小艇。静静地,水流向前流去。在微明的幽暗中,罗德的脸上焕发着奇异的白光,穆阿奇和瓦比蹲伏着,像两尊青铜雕像。好像有什么神秘的东西控制着他们,不让他们说话,他们的眼睛一直都期待地仰望着头顶上方,他们产生了一种不可捉摸的感觉,这种感觉让他们心跳得更快,血液也流得更快。

轻轻地,从遥远的前方,终于传来了低低的声音。这个声音就像是风儿吹来时的第一声柔和的沙沙声,又像是峡谷顶端的松树间的飒飒之声。松树间的风声变大了,然后减弱,就像一根弦轻轻弹奏在乐器上。往峡谷传来的这个沙沙声持续着,它不再变大,有时候几乎消失了,后来细心聆听它的猎人们几乎都听不到它了,但过了一会儿后,它又响起了,完全和刚才一样。渐渐地它变得更加清晰了,然后逐渐消逝的间隔变得越来越短,最后瓦比把船头一转弯,看着他的同伴,虽然他没说话但是他眼中闪耀着巨大的兴奋。罗德的心脏像小鼓一样搏动着,他开始明白了,那个低沉的声音,那个沙沙声,那个浮动在峡谷上的声音,不是风声,而是遥远的第三条瀑布的隆隆声!

穆阿奇的低语打破了身后严肃的沉默:"那是瀑布!"

当初发现第二条瀑布时他们兴奋得大声喊叫,但现在却没一个人喊叫,穆阿奇的声音低得其他人几乎听不到。瀑布的轰轰声越来越清晰地传入他们耳朵时,他们屏住了呼吸,无声地期待着。他们前方几百码远的地方,是一处宝藏,这处宝藏是半个多世纪之前死去的人们所发现的。大山那黑色的石壁,静静地保卫着宝藏，以前的那三位寻金者的魂灵好像就潜伏在这儿。此处，离他们非常近的某个地方，约翰·波尔被谋杀了，罗德总是想象着他们会在峡谷溪流的沙子岸边踏上他们在古老的小木屋中所发现的骷髅所留下的脚印。

穆阿奇默不作声地把皮划艇扛上岸。他们仍然没有说话，都端起了猎枪，瓦比在溪流边上领着路。不久，石壁间的溪流一下子变得湍急起来，罗德和同伴知道，他们离瀑布很近了。又走了一百码或稍多一点，他们就看到了飞腾着的白色的雾。瓦比动身跑过去，他穿着鹿皮靴的双脚从一块石头上跳到另一块石头上，谨慎得像靠近猎物的猎人一样，穆阿奇和罗德也紧紧跟在他的后面。

他们在一大堆石头旁停下来，瀑布溅起的水雾落在他们脸上。他们气喘吁吁地盯着看，发现这条瀑布不是很大。瓦比静静测算了一下，这条瀑布有四十英尺高，但却让峡谷一下子显得很深，也更幽暗，看样子他们没办法沿着水流下去了。两边高耸着的石头崖壁更加陡峭，石壁脚下生长着一丛丛的雪松和低矮的松树。远处的山间空地变得宽了一些，那儿，溪水拍打着两岸被水冲刷得很光滑的石头，激起白色的浪花。

顺着水流往下走，在某个地方，就是黄金宝藏，就是他们前来寻找的宝藏！除非那张地图撒谎了！溪水在崖壁之间奔涌着并形成怒涛，宝藏就藏在这崖壁之间吗？宝藏会不会藏在山腰上的某个阴暗的洞穴中呢？通往它的道路会不会已经被半个世纪之前前来寻找它的人们故意掩盖了呢？他们能否找到宝藏呢？

罗德看了一眼瓦比,激动得喊出声来。

原来,瓦比正伸长了胳膊指着前方,眼睛冒着火焰,看起来很紧张。

"小木屋在那儿!"他喊道,"约翰·波尔和两个法国人建造的小木屋在那儿,你们看!在雪松下面,几乎隐藏在山峰的黑色阴影中了。天哪!穆阿奇,罗德,你们看到了吗?你们看到了吗?"

第十四章　马口铁罐中的纸卷

前方神秘的幽暗之中，一样东西渐渐呈现在罗德的眼中。刚开始的时候只是一个阴影，然后可能是一块石头，再然后瓦比敏锐的目光发现这就是地图中所提到的小木屋时，他禁不住惊呼起来。它不是小木屋还能是什么？

　　瓦比的欢呼声一下子点燃了罗德的热情，顿时，峡谷旅程中的压抑和沉默一扫而光，三个寻金者在山谷间狂野地欢呼起来。穆阿奇以自己的特殊方式，扭曲着面部咯咯地笑，他已经在沿着石头边缘往下爬了，他正在寻找可以到达下面的峡谷的缺口。他们来到了一个可以往山腰上面爬的地方，他们得先往上爬一段，然后看看有没有通往下面的缺口，正在这个时候，老领路人指引同伴们去注意悬崖边缘上突出的一棵枯死的雪松树桩的白色的顶端。

　　"沿着那儿往下爬，也许——"他建议道，然后耸了耸肩，暗示这个建议可能是一个很危险的建议。

　　罗德往那儿看去，他很容易就可以够得到树桩的顶端，整棵树桩上没有任何的树皮和树枝。罗德兴奋极了，以至于不觉得这样的一棵树桩有什么异乎寻常的地方。他把猎枪的皮带拉上肩头，伸手抓住树桩的细长的顶部，还没等同伴来得及夸

奖或警告,就已经沿着石头崖壁爬了下去,进入峡谷之中。瓦
比紧随着罗德也爬了下去,没有等待身后的穆阿奇,就匆匆向
小木屋那儿跑去了,然后瓦比在半路上停了下来。

"不对啊! 我们得等等穆阿奇!"瓦比说。

他们回头朝穆阿奇望去,穆阿奇没有跟来,老勇士正蹲在
枯死的树桩的根部,像是在树根的石头间寻找什么。然后他慢
慢站起身, 双手抚摸着树桩, 一直抚摸到他所能够着的最高
处。当看到罗德和瓦比正在注意自己时,穆阿奇快步朝他们走
来,瓦比此时已敏锐地发现了穆阿奇的变化,他确信穆阿奇发
现了什么东西。

"穆阿奇,你发现了什么呢? "

"没发现什么,一棵有趣的树。"他说道。

"跟消防队的消防滑竿一样光滑。"罗德看到穆阿奇没说
话,就补充道,"听!"

他忽然停下脚步,后面的瓦比一下子撞到了他。

"你们听到没有? "

"没有! "

良久,三个人簇拥在一起,默默聆听着。穆阿奇在最后面,
他的猎枪已经快举到肩头了,他的黑眼睛快速地扫视着,当然
他不单单是因为好奇才这么扫视,小木屋顶多就二十步之远。
小木屋太古老了, 以至于罗德都好奇它去年冬天是如何承受
住暴风雪的。腐朽的屋顶上长出了很多小树苗,搭建小木屋的
木头都腐朽到了不能再腐朽的程度。小木屋没有窗户,原来的
木门前面现在生长着一棵直径有一英尺粗的树, 几乎正好挡

住了很久以前的神秘居民们进出小屋的木门。离木门只有十二步了，只有五步了，穆阿奇伸出手轻轻拍了拍瓦比的肩头，罗德看到穆阿奇的动作后，就停下脚步，穆阿奇脸上显现出奇异的表情，满是疑虑和惊愕，好像不太相信自己的眼睛似的。穆阿奇默默指着生长在门前的树，木门已经变成了微红的破碎的朽木——一年又一年的风霜雨雪已经让它腐朽到了如此模样。

"红松木！"穆阿奇终于开口说话了，"小木屋有两千年的历史了！"他声音中充满了敬畏。

罗德明白了，他抓住了瓦比的胳膊。瞬间，他想起了另外一个小木屋，他们在那个小木屋中发现了骷髅，他们修葺了那个小木屋，去年冬天他们就住在那里，他们知道那座小木屋至少是在半个世纪之前修建的。但是眼前这座小木屋已经腐朽得不能修葺了，在罗德看来，至少是好几个世纪而不是几十年的风霜雨雪才让小木屋腐朽到如此模样。罗德紧跟在瓦比身后，朝着木门望去，小木屋里是深深的幽暗，什么都看不清楚，继续看了一会儿后，眼睛慢慢适应了里面的黑暗，小木屋的墙壁渐渐地呈现出来。小木屋里面什么也没有——连古老的桌子也没有，而他们在第一个峡谷的开始处所发现的小木屋中则有一张破旧的桌子，这座小木屋中没有留下生命存在过的任何迹象，连一把残缺不全的椅子或凳子也没有。

罗德和瓦比一步一步绕着墙走。穆阿奇仅仅看了小木屋里面一眼，就又出去了。他一个人走出来，来到安全的地方，端起猎枪。罗德和瓦比回到木屋门口时，穆阿奇正俯下了身，蹲

伏在石头间像只动物一样在寻找着什么。瓦比往后拉了拉同伴的肩膀。

"看！"老勇士突然站起身，扭过头朝向他们，但瓦比和罗德此时正隐藏在木门处的幽暗之中。然后穆阿奇匆忙赶到峡谷石壁边的那棵枯死的树桩边，他再一次伸出手抚摸着树桩，沿着树桩的表面一直往上抚摸，直到摸到手能够着的最高处为止。

"我要去看看那棵树！"瓦比低声说道，"那棵树很奇怪！"

瓦比匆忙穿过散落着石头的空地朝树桩走去，罗德在后面没动，因为罗德还没弄明白同伴们的行为。好几个星期甚至几个月的时间里，他们一直都在计划着寻找第三条瀑布的事情，之前他们一次又一次地想象着巨大的宝藏出现在眼前的情景，现在他们已经来到了目的地，宝藏可能就埋藏在脚下，而他们两人却把兴趣放在一棵枯死的树桩上，而不是放在搜寻宝藏上！罗德的心脏激烈地跳动着，他在小木屋中深深吸了一口气，血液加速流动，他深情地期待着。半个世纪之前或者更早的探险家们曾在这座小木屋中生活过。在这座小木屋中，被谋杀的约翰·波尔的鲜血或许早已消失了，在这座小木屋中，他所发现的那些骷髅的主人生前曾在这儿睡过，谋划过也称量过他们的黄金。啊，黄金！罗德感兴趣的是黄金！而不是那棵树桩！失落的黄金在哪里呢？毫无疑问，古老的小木屋里肯定有一些关于黄金的蛛丝马迹，至少通过小木屋中所能获得的信息要远远比那棵没有树枝的枯死的白色树桩所能获得的信息要多得多！

他站在门口,扭过头重新朝着里面阴湿的幽暗望去,瞪大了眼睛仔细地打量着,然后又转身把目光投向门前的空地。瓦比已经到了树桩那儿,他和穆阿奇一起蹲在树桩旁,大概他们发现了一只猞猁或者一只熊的足印吧,罗德这么猜想着。十二步之外,另一个东西吸引了他的注意,那是一棵倒在地上的红松,干枯而沉重地带着树脂,不到一分钟的时间他就走到这棵红松边,然后回来时举起了一截树枝。他屏住呼吸,用细小的火柴的火焰点燃了树枝。一会儿,噼啪声响起并伴着咝咝声,然后燃烧成一团火,罗德把火把举过头顶。

　　年轻的寻金者所看到的第一眼太令人失望了,除了赤裸的墙壁之外,什么也没有。然后,在最远的角落里,他看到在跳跃着的火把的火光下有个比木头还要黑暗的东西,他向它走去。那是一个很小的搁板,仅仅一英尺长,上面有一个很小的黑色的马口铁罐,流失的岁月已经让它生锈了。罗德用颤抖着的手指将它拿在手中。很轻,里面很可能是空的。他也许会在这个铁罐中发现约翰·波尔最后吸的香烟的烟灰。突然,当他想到这些的时候,他停止了搜寻,惊呼了一声。火把的光亮中,他仔细检查着这个马口铁罐,因为年代太久远了,它都快破碎了,所以他很容易就可以用手将它捏成碎渣。如果这个铁罐留在了这里,那么为什么没有其他物品呢?盘子和水壶在哪儿呢?桶和平底锅又在哪儿呢?刀子呢?水杯呢?约翰·波尔和两名法国人在这座小木屋里居住时所必需的一些其他物品呢?

　　他回到木门边,穆阿奇和瓦比仍然在那棵枯树桩边,即便是古老的小木屋里的火光也没有把他们吸引过来。罗德把火把搁在一边,打开马口铁罐的盖子。什么东西掉落在他脚下,他捡起来一看,是一小卷纸,几乎褪色成了与生锈的马口铁罐完全一样的颜色。与几个月前穆阿奇小心翼翼地展开那张珍贵的桦树皮地图一样,罗德缓缓展开了这张纸。纸的边缘已经裂开,手指一捏就碎了,但纸卷的里面却仍然是白色的。穆阿奇和瓦比这时候扭过头往小木屋望去,发现罗德突然转过身朝他们跑来,还不停地尖叫着。

"黄金!"他尖叫道,"黄金! 黄金!"

他停在两人之间时,高兴得几乎要哭起来了,他将这一小卷纸举起来。

"我在小木屋中发现的,在一个马口铁罐中发现的! 你们看,是约翰·波尔写的,与老地图上的字迹一样!"

瓦比接过卷纸,看到纸上的字迹后,瓦比的呼吸一下子急促起来。纸上有几行字迹,字迹很模糊,但仍然可以识别出来,在纸张的顶部,写着一行文字:

"约翰·波尔、亨利·兰格罗伊斯与彼得·普兰特于 1859 年6 月 30 日记账。"

这行字的下面写着:

"普兰特找到:金块共七磅零九盎司;金渣共一磅零三盎司。兰格罗伊斯找到:金块共九磅零十三盎司;零盎司金渣。波尔找到:金块共六磅零四盎司;金渣共二磅零三盎司。总重量为二十七磅。普兰特分得:六磅零十二盎司;兰格罗伊斯分得:六

磅零十二盎司;波尔分得:十三磅零八盎司。以此
进行分配。"

瓦比轻声念着这些文字,然后,他的目光与罗德的目光碰
在一起,穆阿奇仍静静地蹲在树桩下,静静盯着两个少年,好
像被刚才听到的弄糊涂了。

"毫无疑问!"瓦比终于开口说话,"我们正好就在正确的
地点!"

"黄金就在离这儿很近的地方!"罗德的声音忍不住颤抖
起来,他恨不得马上就看到黄金高高地堆在面前,他转身向瀑
布跑去,向峡谷阴暗的石壁跑去,然后指着峡谷间拍打着岸边
石头的雪白的浪花,说道,"在那里!"

"在河流中?"

"对!他们就是在离小木屋很近的地方发现金块的,不
是在河流里发现的还能是在哪发现的?肯定不是在石头里
发现的!金渣总是在河流的沙子里出现,毫无疑问,金子就
在那儿!"

瓦比和穆阿奇都跟着罗德来到了河流边。

"河流在这里变宽了,然后成了浅水。"瓦比说,"我觉得河
流不到四英尺深,在河流中间的地方。你说什么——"他停下
来,看着穆阿奇溜回到枯死的树桩那儿,然后继续说道,"我们
吃完饭后再划着皮划艇启程如何,你们说呢?

罗德发现,瓦比刚读完纸条时的热情已经消失了,罗德注
意到瓦比和穆阿奇再一次站在了光滑的树桩那儿,树桩的顶

端伸到了上面的峡谷的河床上了。他控制住自己的满腔热情，仔细地打量着树桩，树桩为什么让瓦比和穆阿奇如此痴迷呢？他发现的现象让自己大吃一惊：树桩的表面不仅仅是很光滑和没有树枝，而是被磨光了，光滑得反射着光泽，像一支蜡烛！良久，他都忘记了拿在手里的纸，忘记了古老的小木屋，忘记了附近的黄金。他茫然地好奇地盯着穆阿奇，穆阿奇向他耸了耸肩。

"太光滑了！"

"太光滑了！"瓦比强调道，语气很严肃。

"这意味着什么呢？"罗德问道。

"这意味着——"瓦比继续说道，"这根老树桩被使用了很多年！被人或者动物当作一个出入这个峡谷的梯子使用了很多年！如果是一只熊的话，就该留有熊爪印才对。如果是一只猞猁的话，树桩的表面就应该被抓出了很多碎片。不管是什么动物，都应该留下痕迹才对，没有任何动物可以把它磨得如此光滑！"

"那到底是——"

罗德还没说完，穆阿奇就抬起下巴，直直盯着瓦比，低声说道：

"不难猜！"

"你是说——"

"是人！只有人的手和腿沿着木桩上上下下成千上万次，才会将它磨成这样！现在，你们能猜出这个人是谁了吗？"

瞬间，罗德想到了答案。他现在明白了为什么刚才两位同伴都被这根树桩吸引住了,而不去寻找黄金,他非常激动,不由得打了个寒战。

"疯子猎人!"

瓦比点点头。穆阿奇嘟哝着,搓了搓手。

"黄金子弹是从这儿来的!"老领路人说,"疯子走路时非常敏捷。我们赶紧去皮划艇那儿,砍倒这根木桩!"

"这比你刚才半个小时说的话都重要,这是个好主意!"瓦比大声说,"让我们把我们的物品拿到这下面,把这根木桩砍成木柴!当他回来时,发现他的梯子已经不在了,就会大声喊叫一两声,我敢打赌,那时候我们就有机会对付他了。来这里!"

他开始沿着树桩往上爬,一两分钟后就安全地站在了上面的岩石上。

"它像一根涂了油脂的木棒一样光滑!"他大声说道,"罗德,我敢打赌,你爬不上来!"

费了九牛二虎之力之后,罗德也总算爬上来了。他气喘吁吁地快要上来时,瓦比伸手拉了他一把。穆阿奇则轻而易举地就爬上来了。仅仅携带着手枪在身上,三个人匆匆走向皮划艇,每次一件,将物品带到了岩石上,然后,将皮划艇里的包裹和其他物品以及皮划艇都通过一根绳子运到了下面的峡谷里,穆阿奇用斧子砍倒了树桩,其他两人在一旁看着穆阿奇砍树桩。穆阿奇最后使劲一扔,将树桩扔在了石头间。

"太高了!疯子肯定跳不下来!"

"但是他在上面开枪射击太方便了！"瓦比抬起头看了看说道，"我们最好在离这儿远点的地方宿营。"

"别忘了我们来这儿是干什么的。"罗德说着，从包裹里解开一个平底锅，"伙计们，首先我们要做的是挖起河床上的沙子淘一淘！"

罗德向河流走去，瓦比紧跟在他身后，也带了一个平底锅。穆阿奇在后面看着他们，咯咯地轻声笑起来，然后就开始准备晚饭了。有一处地方的流水把沙子和石子在岸边冲成了一排，瓦比和罗德选择在这儿停下来，开始干活。罗德以前从没有淘过金子，但他听说过怎么淘金，心中满是激动、兴奋，他终于找到财源了。罗德铲起一些沙砾和沙子，他将锅里舀满水，然后前后晃动起平底锅，每过一会儿就从平底锅的锅沿上倒出去一些漂浮物或者浑浊水。然后，他把平底锅里再舀满新鲜的水，乐此不疲地进行着"淘金"的工作，将除了固态物质之外的东西都倒出去。

从平底锅里倒出去的水变得越来越干净，不到十五分钟的时间，锅底的沙子和小石子的数量只剩下刚开始的四分之一那么多了。罗德屏住了呼吸，急切地搜索着金子焕发出的黄色光泽，有一次，小石子间的光泽让他低声惊呼了一下，但当他用刀子的刀尖一拨弄，发现仅仅是云母而已，他很高兴瓦比没有听到自己虚张声势的惊呼。瓦比正蹲在沙地上，手中的平底锅锅口对着太阳的光线，有一束微弱的阳光穿入了这深深的峡谷中。瓦比没有抬头，冲着罗德喊道：

"发现什么了吗？"

"没有，你呢？"

"没有——发现了——但是我想那不是黄金。"

"那是什么呢？"

"闪着黄色的光泽，但是比钢铁还要硬。"

"是云母！"罗德说。

两人在谈话的过程中都没有抬起头来。瓦比用刀尖拨弄着锅底搜寻着，将小石子翻动着，仔细地在沙子间划着——这么仔细的搜索方法如果被经验丰富的寻金者看到的话肯定是会被嘲笑的。又过了几分钟，瓦比又说话了：

"我说啊，罗德，我发现了一件看起来很有趣的东西！如果不是很硬的话，我敢打赌那就是金子！你想看看吗？"

"是云母！"罗德重复道，这时候另外一束"愚者的黄金"的微光在他的锅底引起了他的注意，"河流里到处都是云母！"

"以前从没见过大块大块的云母。"瓦比嘀咕道，俯下身子盯着自己的锅底。

"大块！"罗德喊道，好像有人把一把钉子钉入了自己的脊背一样伸长了身子，"有多大？"

"有豌豆那么大！一粒大豌豆那么大！"

瓦比还没说完，罗德就赶紧跑向瓦比这边。

"云母不会是大块大块的！在哪儿？"

他弯下身盯着瓦比的锅，锅底的正中间，有一个微微发黄的小石子，被水冲刷得浑圆而光滑，罗德用手指捏起来，惊讶地盯着瓦比的脸，低声嘲笑道：

"瓦比，我真为你感到惭愧！"然后，他试着抑制住颤抖的声音,继续说道,"云母不可能是这样的圆形的碎块,云母很轻的,但这个又圆又重。"

从老木屋的那一边的雪松那儿,传来穆阿奇的呼唤声,晚饭已经做好了。

第十五章　水潭中的金子

听完罗德的话和穆阿奇的呼唤后，瓦比好一会儿都目瞪口呆地坐在那儿。

"那不是云母，是黄金？"他疑惑地问道。

"那正是黄金！"罗德大声说道，掩饰不住自己的兴奋，"它很硬，但是看看你的刀尖是怎样划破它的！它有四分之一盎司重！你的锅里还有金块吗？"

他在瓦比身旁弯下腰，跟瓦比凑在一起，四只眼睛急切地搜索着锅底，这时候穆阿奇来到了他们身后。罗德将金色的块状物递给穆阿奇，然后直起身。

"这正是金子，伙计们。我们找对了地方，让我们为约翰·波尔和那张老地图振臂高呼吧，然后去吃晚饭！"

"我同意去吃晚饭，但是振臂高呼就免了吧！"瓦比说，"要不，我们就低声地欢呼吧！要知道，我们的声音在峡谷里的回声太大了，在十几英里之外都听得到！"

穆阿奇已经将营地选择在了雪松林边缘的一个地方，饭菜也已摆放在了一块平坦的大石头上，三个人围坐在大石头边开始了晚餐。瓦比说自己突然来了灵感，于是将金块放在石头桌子的桌面正中央，如果他们匆匆吃完这顿晚饭是为了什么的话，那么可以说是为了桌子中央的这块金块。当罗德和瓦比返回峡谷河流的时候，穆阿奇也加入了他们，怀着忐忑不安的期待，三个人重新开始了辛苦的淘金工作。

　　只有那些曾经追寻过黄金和那些被黄金所诱惑过的人们才可以理解他们三人此时的心情，他们三人此时热血沸腾。当他们将平底锅捅入河流的沙子中的时候，他们相信，大自然将巨大的财富埋藏在了这些沙子中。罗德来自文明开化地区，在他的家乡，金钱就是律条和力量。重新开始淘金之后他满怀激情，他觉得巨额的财富就在眼前了，他都怀疑自己是在梦里。他的四周到处都是黄金，他一刻也没有怀疑这一点！他也不相信瓦比刚才找到黄金的沙子和砾石中可能不会再有黄金。珍宝就在脚下的沙子中，金子就在崖壁之间，在涌起白浪的河流所流淌着的崖壁间；金子就在瀑布的下面，沿着峡谷，到处都是金子，身边每一处都是金子。约翰·波尔和他的同伴一个月时间就收集到了二十七磅的金子，这可是接近于七千美元的财富，他们就是在这儿找到金子的！他急切地铲起一锅新鲜的珍贵的泥沙，他听到瓦比和穆阿奇的锅里响着哗哗的水声，但是他们两个谁也没说话。

　　在最开始寻找黄金的几分钟内，谁也没说话。谁会第一个找到黄金并欢呼起来呢？五分钟过去了，十分钟过去了，十五分钟过去了，罗德没有发现黄金。他将锅里的水和沙土倒空，看到瓦比正铲起了新鲜的泥沙。他也同样失败了。穆阿奇已经在峡谷中涉水走着了，水漫到了腰部。第二锅，第三锅，失望的冰冷的感觉袭上了罗德的心头。也许他选择的地方不够好，黄金没有被埋在这个地方！他换了一个位置,注意到瓦比同样也换了一个位置。第四锅,第五锅,结果仍然相同。穆阿奇已经涉过河流了,河流在瀑布的下面变成了浅水,在对面流淌着。第六锅,罗德凑近瓦比,两人脸上的兴奋都消失了。整整一个半小时过去了,仍然没有发现黄金！

"我猜想我们的地方不对,毕竟——"瓦比说。

"绝对就是这个地方！"罗德答道,"如果这儿存在一个金块的话,那么肯定还存在更多的金块。金块很重,会沉淀下来的,也许它在河床下面更深的地方。"

穆阿奇也加入了他们。穆阿奇在石头的外面发现了一小片金子,仅仅比一枚钉子的顶端大一点点,但这个新的发现让他们三人重新焕发了热情。罗德和瓦比都将长靴脱掉了,与溪流中央的穆阿奇一起寻找起来。但是随后的每一锅都打击着他们的信心,慢慢地他们开始失望了。峡谷中的阴影开始变得越来越长也越来越深,远处高高的红松那茂密的树冠已经遮住了太阳最后的光辉,渐增的幽暗在山峦间发出警告:在这个古老的小木屋的神秘的世界中,夜幕很快就要降临了。但是,他们不肯停下来,直到实在看不到锅里的云母发出的微光才肯罢手。他们腰部以下都湿了,回到营地时,他们的美梦被无情地粉碎了。有一会儿,罗德的希望处于最低潮。有没有这种可能呢？就是说,很久以前的那三位冒险家其实在这个地方仅仅发现了"一袋子黄金",然后他们误以为这里有很多的黄金？这个想法在脑海中挥之不去,困扰着罗德。

但他的低落情绪没有持续很久,穆阿奇点燃的大堆的篝火和浓咖啡的浓郁的芳香让他重新有了信心，瓦比和罗德马上就笑起来，然后一边搭建雪松枝棚屋，一边谋划着明天的事情。晚餐摆放在宽阔平坦的石头上，很丰盛，有熊排、热石板烤饼干、咖啡和最美味的野味，每人一个马铃薯，两位抑制不住内心激动的年轻人再一次计划和描绘起随后几天的美梦。穆阿奇一边听着他们谈话，一边将衣服挂在火堆前烤干，偶尔走进峡谷的幽暗中，抬头望一望瀑布的白色边缘，瀑布就是从上面的巨大岩石的边缘流下来的。整整一个下午，瓦比和罗德都忘记了那个疯子猎人，也忘记了那棵奇怪的光滑的没有树皮的树。但穆阿奇没有忘记这些。

在营火的火光中，两位少年一遍又一遍地读着约翰·波尔和两个法国人的老账单。细小的纸条，因为年代久远而发黄，小纸条将他们与浪漫而黯淡的过去岁月联系在了一起，那场冷酷的悲剧的遗物，这些阴沉的黑色峡谷崖壁或许将永远地保持着一个秘密。

"二十七磅！"罗德反复念叨着，好像是在自言自语，"那可是一个月的薪水！"

"几乎每天就是一磅！"瓦比也惊讶地说，"我告诉你，罗德，我们还没有找到正确的地点！"

"为什么约翰·波尔的份额是他同伴的两倍？你想过没有呢？是不是因为他是最先发现黄金的人？"罗德猜测道。

"很有可能，也正因此，他才被谋杀的。法国人嫌自己的份额太少了。"

"一八五九年。"罗德沉思道，"那是四十九年前，美国内战还没爆发呢。你说——"

他停下来，死死盯着瓦比。

"你有没有想过，约翰·波尔会不会没有被谋杀？"瓦比探过身，比以前更加急切，"我有一个想法——"他继续说道。

"什么想法？"

"或许他没有被杀死。"

"两个法国人短刀搏斗死于非命之后，他又回来了，得到了黄金？"罗德追问道。

"不！我可没有这样想过。"瓦比说道，然后突然站起身，向穆阿奇走去，走进了峡谷的幽暗之中。

罗德疑惑不解。同伴的语气、脸庞和语言中的什么东西扰乱了他。瓦比这是什么意思呢？

没多久，瓦比回到了罗德身边，但是却不再提起约翰·波尔。

罗德和瓦比钻进毯子之后，穆阿奇仍然没有睡。良久，他都坐在火堆边，手握着猎枪，将猎枪横在膝盖上，微微低下头，像一尊雕像。整整一个小时他都坐在那儿一动也不动，他以自己的方式深深地思索着什么。他们发现第一颗金子弹之后，瓦比就冲着自己的耳朵低语了几句话，没让罗德听到；今夜，在峡谷的幽暗之中，他在心里重复着那几句话。这几句话让穆阿奇不停地思索着。他现在在想很久之前发生的什么事情，那时，在他看来，荒原还很年轻，而自己那时候也是一个少年。那些日子里，自己最大的珍宝是一只狗，有一个冬天他带着这只忠诚的伴侣进入北方地区捕猎，离开家后走了整整一个月的漫长旅途。当他几个月后回到家中后，他就孤独了，因为从荒野深处的一个孤寂的狩猎棚屋开始，他忠诚的伴侣就失踪了，并且再也没有回来。这都发生在穆阿奇遇到那个后来成为自己妻子的漂亮的印第安少女之前，而自己的妻子后来却不幸被狼害了。他那时非常想念他的狗，就像失去了一个人类的兄弟一样悲恸。印第安人的爱，即便是对动物的爱，也是很强烈的，二十多个月之后，也就是两年之后，他又回到了那座老棚屋中，在那儿他竟然发现了自己的那只狗——那只名叫乌达亚的狗！这只狗还认识他，高兴地冲着他叫，但它只剩下三条腿了，穆阿奇一下子明白了它为什么失踪了那么长一段时间。两年对于一只狗来说是一段很长的岁月，岁月的流逝和生活的苦楚已经让这只狗的脸上和背上的毛发变成了灰白。

穆阿奇此时想起这只狗，不是没有原因的。他此时想起了瓦比的话——那个疯子猎人。疯子猎人是否跟乌达亚的经历一样呢？存在不存在这种可能呢？那个用金子弹射击并且像猞猁一样尖叫的疯子猎人是不是很久很久以前在那儿生活过的名叫约翰·波尔的人？是瓦比的话让自己产生这些想法的。瓦比却没有将这一想法告诉罗德，他仅仅对穆阿奇说了这些想法，因为他知道穆阿奇可以帮助自己解开这个谜，也正因此，穆阿奇现在开始思索起来。

翌日清晨，其他人还在吃早饭时，穆阿奇就开始收拾行李，准备出发了。

"沿着峡谷往下走。"他冲着罗德说，"找到去平地的路口在哪儿，我去打些兽肉。"

这一天，三位寻金者的工作更具有系统性，开始靠近瀑布时，每个人都在河流的一侧，以自己的方式慢慢扫视峡谷的下游。中午之前，他们就航行了二百码的路程，他们唯一的犒劳是一丁点儿的黄金，仅仅值一美元，这还是罗德在他的锅底发现的。天黑之前，他们又往河流下游前进了四分之一英里，但仍然没有发现约翰·波尔的珍宝的痕迹，天黑了才不得不停止寻找。尽管他们失败了，但是他们并不比前一天晚上气馁，因为今天的失败对他们来说是一副镇静剂，起到了有益的效果。这让他们确信，眼前还有非常艰巨的任务，他们也不用期望会在面前找到太多的珍宝。

这天晚上，穆阿奇早早就回来了，背回了很多驯鹿肉。他告诉同伴们，峡谷的第一个缺口在下游五英里的地方。冒险家们现在很后悔当时砍掉了那根树桩，因为他们决定，下一步要去瀑布上方的河流，这就必须得步行十英里，先走五英里到达峡谷的缺口处，然后再往回走五英里。第二天早晨当他们起身开始行程时，带上了几天的食物，还带了一根绳子——他们在上面的工作完成之后，可以通过这根绳子下来回到老营地中。罗德注意到，河流里的石头比他们第一次见到的时候要大一些，他将这一发现告诉了瓦比。

"河水往下流的速度非常快。"瓦比解释道，"而山坡上的积雪都已经完全融化，没有湖泊可以容纳这条峡谷河流。用不了一周，瀑布下面的水就只剩下几英寸深了。"

"水这么浅的时候，我们就该发现黄金了！"罗德热情依旧，"我告诉你，我们还没有走到足够深的地方！黄金在这里已经有很多个世纪了，它很有可能沉淀在河床表面往下好几英尺深的地方。波尔和两个法国人找到二十七磅的金子的时候是在六月，当时的溪流很可能已经干涸。你有没有读过阿拉斯加和育空河的淘金故事？"

"读过一点，我和你一同去学校上学的时候读过一点。"

"那些最巨大的发现都是在地面之下三英尺到十二英尺的范围内发现的，并且当采矿者通过扫视地表而发现标记后，他就知道金子埋在下面。我们也将会在这个峡谷中找到金子，并且是在瀑布的附近找到！"

罗德的信心是三位寻金者在随后几天内保持精神振奋的主要因素，因为在瀑布的上方也没有发现关于黄金的任何标记。三位寻金者沿着峡谷辛苦劳动着，不停地淘着沙子，一直前行了一英里多。日子一天天过去了，正如瓦比所预言的那样，河流变得越来越浅，直到后来从河水中蹚过去时，膝盖以上的裤管都不会湿掉。在第四天快要结束的时候，三位寻金者坐在了第二条峡谷中的一块石头上休息。这时候罗德心中产生了一个强烈的信念，那就是，黄金就藏在河床深处。因此晚饭后，在营火的火光下，他借着火把，挖了一个四英尺深的洞，他泼了好几锅的泥沙，但仍然没有发现黄金的痕迹。

第二天得继续工作，这不容置疑。除了两三个很小的金片外，三位冒险家在河流更深的沙层中没有发现任何有价值的东西。

这天晚上，毫无疑问，沮丧和失望笼罩着营地，罗德和瓦比想强打起精神,却毫无成效。对于穆阿奇来说,黄金的价值其实是转瞬即忘的也是难以捉摸的,但即便是这样,他也仍然被同伴们低落的情绪感染了。罗德对他们的失败只有一个解释:在瀑布附近的某个地方,约翰·波尔和两个法国人发现了一个装满金子的袋子,然后就做出了错误的判断,误认为这里有很多黄金,然后就发生了小木屋中悲催的一幕。

"但是,那个疯子猎人的金子弹又是从哪儿来的呢?"瓦比执着地问道,这让他们又看到了希望,"金子弹每颗就有一盎司重,我敢打赌那些金子弹来自这个峡谷。疯子猎人知道黄金在哪儿,虽然我们不知道!"

"他很快就会回来的!"穆阿奇嘟哝道,"留意着他!就会找到黄金!"

"这正是下一步我们要做的!"瓦比大声说道,突然跳了起来,将罗德从坐着的石头上推倒下去,罗德摔了个四仰八叉,"来吧!高兴起来吧!罗德!黄金就在这里的某个地方!我们很快就会找到它了!我真为你感到惭愧!我原本以为你永远都不会沮丧呢!"

罗德本来还在嘲笑瓦比呢,然后瓦比出其不意地捉弄了他,他来不及站起身就被推倒了。

"你说得对,我该被再揍一顿!我们要在这里度过春季和夏季,如果我们在下雪之前仍然找不到黄金的话,我们就明年再回来!你说呢?"

"下一次把敏妮塔琪也带来!"瓦比说着跳了起来,"你觉得怎么样,罗德?"他轻轻用胳膊推了罗德一下,顿时,两个人一同大声笑了起来,然后抱在一起玩摔跤,像猫一样敏捷的瓦比总是会赢。

尽管出现了这样短暂的欢乐时刻,让两位年轻冒险家的欢快和热情超越了挫折,但是在随后的一个星期里,他们的低沉情绪再一次出现了。他们沿着峡谷探索了好几英里了,在下一个星期的最后一天的时候,他们发现了不到一盎司的黄金。如果他们的锅里从来没有发现任何黄金的话,那么他们的失望反而会少一些,正如瓦比所说,如果是那样的话他们就会彻底死心了。但是他们时不时地寻找到的黄金颗粒却诱惑着他们,这些黄金颗粒其实从文明开化社会开始的那一天就诱惑着成千上万的人。日复一日,他们坚持着淘金;夜复一夜,他们在营地的篝火堆旁互相鼓舞志气,制订新的计划。春天的太阳变得越来越强大,白杨树的叶芽已经长成了细小的叶子,枝叶伸到了峡谷的石壁上,夏天的第一个符号已经随着甜美的南风到来了,香脂与松树和平地上生长着的千千万万的植物的芬芳已经来到了。

但是最终,搜索结束了。整整三天,一颗黄金也没有找到。在大石头周围,三个人吃晚饭时,罗德和同伴们做出了最后一个决定:第二天早晨他们就走,把皮划艇留在后面,因为河流现在太浅了,连这么小的小艇都不能航行了,他们要继续沿着峡谷探险,寻找其他的冒险活动。夏天就要来到了,尽管他们没有找到约翰·波尔和两名法国人所成功发现的金子,但是他们可能会在更远的什么地方发现一块黄金宝藏。至少,在尚未被探索过的荒野中进行更深入的旅行,也将是一件很刺激的事情。

穆阿奇站起身,离开了罗德和瓦比,他们两人还在后面谈论着他们的计划。突然,穆阿奇转过身朝着他们发出惊恐的呼叫,伸着胳膊指着上面的峡谷里。

"你们听!是他!是他!"

老勇士的脸兴奋得抽搐起来,足足有一分钟之久,他都僵立在那儿,胳膊指着远处,乌黑的眼睛直直地瞪着罗德和瓦比,这两人静静地像石头一样坐在那儿。然后从很远的地方传来震颤的令人兴奋的声音,这个声音让他们对上面的峡谷产生了恐惧——那是疯子猎人的声音。

听到这个遥远的声音,瓦比一下子站起身,青铜色的脸颊因兴奋而变白。

瓦比身体颤抖着,手紧紧攥紧了,他转身看罗德的时候,罗德也被吓得看着他的脸。

"罗德!约翰·波尔回来取黄金了——"他话还没说完,就紧张地把身子转过去了一半。

瓦比慌忙想停下嘴里的话,但是却已经说出去了,立马,他后悔了。他想,约翰·波尔和疯子猎人是同一个人这个想法应该自己知道就可以了,他当初也仅仅是把这个想法告诉了穆阿奇而已,他想自己不应该告诉罗德。尽管这个想法在脑中变得越来越强烈,但他知道没有任何合理的理由可以证明这一点,因此印第安人的约束的习性让自己一直都不把这个想法告诉罗德。但现在他一下子就说出来了,他煞白的脸一下子就红了。他急切地走上前,靠近罗德,眼睛重新焕发着光亮。他不想看到的变化还是出现在了罗德的脸上。

"我很早就有这种想法了。"瓦比继续道,"从我们在沙滩上发现脚印开始我就这么想了。我们现在只需要一个证据,仅仅一个证据——"

"听!"罗德清楚地说出这个字,举起手做出警告。

这次,疯子猎人的呼喊声他们听得更加清楚了。疯子正在穿过上面的峡谷,在接近他们!

罗德站起身,眼睛死死盯着瓦比的眼睛。罗德脸色惨白。

"约翰·波尔!"他重复道,好像他刚刚听到了对方刚才说的话。"约翰·波尔!"对于他来说唯一像是事实的解释现在像洪水一样席卷了他,十几秒的时间,每一秒他都可以听得到自己心脏剧烈跳动的声音,他像眩晕了一样站在那里。约翰·波尔!约翰·波尔已经清醒过来了,他来帮他们寻找黄金了!他来告诉他们很久很久以前的已经远去的悲剧和神秘了!就像烈火点燃了干柴一样,他的想象在瓦比的建议下跳跃着。

穆阿奇已经开始行动了。

"藏起来!你们快把东西藏起来!"他指着营地里的东西大声说道。

罗德和瓦比都明白了。

"绝对不能让他从瀑布顶端看到我们在这里的任何痕迹!"瓦比一边说着一边抱起了营地上的一大把行李,"把它们藏在雪松间!"

穆阿奇匆匆赶到雪松枝条搭建的棚屋,开始拆棚屋。足足五分钟的时间,三位冒险家都跑来跑去搬东西。这段时间内,他们再一次听到了疯子的哀号声,他们几乎还没来得及搬完东西、隐藏进老木屋的幽暗之中,这个声音就再次传来了,这一次,声音仅仅在瀑布那边的一猎枪射程的距离内。这不是疯子猎人发出的尖叫声,而是低声的哀号,这样的低沉的哀号让三位寻金者疯狂跳动着的恐惧消失了,生出了无尽的不可名状的怜惜之情。疯子发生了什么?现在,低沉的哀号每过几秒钟就重复一次,每次都变得越来越近,在这个声音中出现了一个问题——这个声音像是绝望的呜咽声,这声音紧紧抓住了罗德的心,让他产生了巨大的不可控制的想回应他的冲动和想跑出去伸出双臂欢迎这个奇怪的沿峡谷下来的野蛮人的冲动!

然后,他抬眼望去,有人跑到了瀑布旁边巨大的岩石的边缘,他捂住了自己的胸部,阻止了自己几乎脱口而出的话语。因为他知道,他当然知道瓦比就在自己的身边,他正在盯着约翰·波尔!一会儿,奇怪的野蛮人蹲伏在了当初那根树桩所在的位置,当他看到树桩不复存在后,直直站立在那儿,震颤的凄楚的哀号声轻轻回荡在峡谷中。野蛮人站在那里一动也不动,这是一位老年人,又高又瘦,直立着像一棵树苗,他的脸上和胸口都是乱蓬蓬的胡子和毛发。他手里拎着一杆枪——他就是用这杆枪射出金子弹的。尽管他们隔着这么远的距离从小木屋的幽暗中窥视,但还是看清楚了,这杆枪是一根长长的圆筒状武器,跟他们在另外一座小木屋中所发现的搁置在那两具在刀子搏斗中死去的法国人的骷髅旁的枪很相似。

气喘吁吁的焦虑中,三个人等待着,一点儿也不敢动弹。再一次,这个老年人将身子往石头边缘那儿倾斜,他的声音传来,是悲怆的呜咽声,过了一会儿,他伸出手臂,轻轻地呜咽

着,身子却不动弹,好像在恳求下面的人帮助自己似的。这一情景紧紧抓住了罗德的心。罗德顿时热泪盈眶,他的喉咙轻微地战栗着。印第安人看起来眼睛黑暗而明亮,对于他们来说,这是这个荒野中另外一件罕见的事情。但对于罗德来说,这是一个老年人的灵魂在对着自己的灵魂呼喊。老年人伸长的胳膊看起来就要够到自己了,呜咽的声音充满了痛楚、绝望和孤独,看起来他是在请求自己走上前去,请求自己举起胳膊,回应荒野上失落的灵魂。罗德轻轻地呼喊一声,从同伴之间冲了出来。他脱了自己的帽子,抬起白色的脸庞,冲着岩石上的惊恐的野蛮人一步一步地走去,他伸出自己友爱的双手,轻轻地喊出一个名字:

"约翰·波尔,约翰·波尔,约翰·波尔!"

刹那间,疯子猎人伸直了自己的身子,转过一半身子准备逃跑。

"约翰·波尔!你好!约翰·波尔!约翰·波尔!"

罗德是如此真诚,他几乎是在呜咽着呼唤这个名字。现在他忘记了任何事情,除了这个岩石上的孤独的人外,任何事情他都忘记了,他距离这个人越来越近,他轻轻地喊他的名字,直到疯子蹲了下来,压皱了长长的胡须和灰白的猞猁一样的皮肤,疯子往下看着罗德,轻轻地呻吟着回答罗德。

"约翰·波尔!约翰·波尔!是你吗?"

罗德停了下来。疯子在自己上面四十英尺的地方,当他看到疯子的眼睛中出现怪异的目光的时候,似乎有什么东西抑制住了自己的呼吸。

"约翰·波尔！"

疯子瞥见了古老的小木屋的门口探出的两个脑袋，赶紧站起身来。他站在岩石边吸了一口气，然后大叫一声，像一只凶恶的动物一样敏捷地从岩石上跳了下来，落在了瀑布水帘边的水雾中，他飞快地出现在瀑布的水帘后，然后就直接跳进了瀑布下面深深的水潭中！

瓦比和穆阿奇都看到了这不顾一切的跳跃，瓦比先于罗德来到了水潭边，然后罗德才从惊骇中回过神来。长达几个世纪，峡谷中湍急的溪水都流入了这个水潭中，将这个水潭磨得一年比一年深，现在水潭中的水能漫过一个人的头顶。在宽度上，水潭只有十一二英尺宽。

"如果我们不把他捞上来，他就会被淹死的。"瓦比喊道。

罗德跳到了水潭边缘，穆阿奇站在他和瓦比之间。罗德准备好了，一旦看到老年人灰白的头发或者挣扎着的胳膊，就立马跳入冰凉的深水中，三个人站在那儿，全身心地准备着。一秒钟、两秒钟、五秒钟过去了，没有任何疯子浮出来的迹象。罗德的心脏开始像小鼓一样激烈地跳着。十秒钟过去了！十五秒钟过去了！他看了看瓦比，瓦比已经脱掉了驯鹿皮外套，瓦比往他们这边看了看，然后盯着罗德的时候，发现罗德很害怕。

"我要跳进去救他！"瓦比大喊一声，便铆足了劲跳进了水潭里。

穆阿奇把外套脱了扔在了地上，他蹲伏着往前倾着身体，看起来马上就要从蹲伏着的石头上跳下去。又十五秒过去了，瓦比的头出现在水面之上，老勇士穆阿奇大喊一声：

"我来了！"

然后，穆阿奇就跳入了水中，溅起许多水花。罗德呆若木鸡地站在那儿，每吸一口气，恐惧就增加一分。他看到两个印第安人把水面搅得混乱，他们在水下面摸索着。瓦比再次浮出水面呼吸，然后穆阿奇也浮出水面呼吸。好像一年都过去了，罗德还没有看到任何希望——约翰·波尔可能已经死了！

罗德从来没有像现在这样怀疑自己对疯子猎人身份的推测。当疯子听到有人喊自己的名字的时候，年老的疯子凝视的目光充满了奇怪的渴望的光亮，他的这种目光所表达出的东西比语言还丰富。他就是约翰·波尔！而现在他已经死了！第三次，第四次，第五次，穆阿奇和瓦比浮出水面呼吸，第五次浮出水面之后他们游到了水潭边缘的石头边，爬上了石头。穆阿奇没有说话，直接往营地那儿跑去，然后抱了一大捆干柴火放在火堆上。瓦比仍然在水潭边缘，浑身滴着水、颤抖着。瓦比的手攥着，罗德看到他双手间都是沙子和小砾石。瓦比机械地松开手指，无意识地检查着自己从水潭下面所带上来的东西。

他盯着看了一会儿，突然张大了嘴巴，发出低声的颤抖的呼叫。

他把手伸给罗德看。

他手中握着的砾石间闪着微光，那是一块纯金金块！这个金块体积很大，罗德惊讶得大叫一声。这一刻，他忘记了去想约翰·波尔这个疯子到底是死了还是活着！

第十六章　约翰·波尔与黄金的秘密

穆阿奇听到罗德的呼声后,匆忙赶到水潭边,但他还没到达罗德的位置之前,瓦比就再一次跳下水了。好几分钟时间,瓦比都沉没在水面下,然后他再次从石头间爬出来的时候,表情和眼神都怪怪的,这让罗德一度认为疯子的死尸已经被找到了。

　　"他不在水潭里!"瓦比气喘吁吁地说。

　　穆阿奇听了耸了耸肩,打了个寒战,说道:"他已经死了!"

　　"他不在水潭里!"瓦比乌黑的眼睛闪着微光,强调道,"他不在水潭里!"

　　穆阿奇打量着石头间涌出的水,这些水流入更宽阔的峡谷溪流中,那里的水有膝盖那么深!

　　"他不可能到那儿!"

　　"不会在那儿!"

　　"那他在哪儿?"

　　穆阿奇耸了耸肩,再次暗示性地指着水潭:"石头下的泥浆里,他在那儿!"

　　"我们试试!"瓦比简洁地说道。

　　瓦比匆忙赶到火堆边,罗德跟着他往火堆上放了更多的燃料，这时候瓦比冰冷的身体慢慢温暖了。他们往火堆边去时，听到老领路人跳入瀑布下面的水中的声音。

十分钟后，穆阿奇也过来跟他们一起取暖。

"他不见了，疯子不在那儿！"他伸出一只湿漉漉的胳膊，说道，"金子弹！"

他的手掌上又有一颗金子弹，足足有一枚榛子那么大！

"我告诉你。"瓦比轻声说道，"约翰·波尔很快就会回来取他的黄金的。他刚才就是回来取金子弹的，黄金就在水潭里！"

但是约翰·波尔在哪儿呢？

他是死了还是活着，他消失在哪儿了呢？

如果不是这个疯子突然消失了的缘故，这个峡谷中此刻本该是回响着寻金者们狂野的欢呼声的，但此刻，他们的热情却凝固了。终于，古老的地图泄露了它的秘密，财富就在他们手中了，但三个人谁也没有发出胜利的呼声。不知为何，他们觉得约翰是为了黄金而死的，这个想法折磨着三个人。如果他们当时没有砍掉那根树桩的话，他应该现在还活着。他们间接地害死了这个在荒野中孤独地生活了半个世纪之久的可怜的老猎人。他们看到老猎人站在石头上，哀号着发出祈求，他发现自己的树桩不见之后呜咽着喊出的绝望，这些活生生地重现在他们的脑海中，这不仅仅是同情。那个时候，三位冒险家本应该自动放弃寻找黄金的希望，这样才可以挽救这个孤独而伤感的老人——他那时正从峡谷的岩石上往下看着他们。

"真对不起，我们砍掉了那根树桩。"罗德说道。

沉默许久后，这是他们之间所说的第一句话。

"我也是。"瓦比简洁地说道，开始脱身上湿漉漉的衣服，"但是——"他停住了，耸了耸肩。

"但是什么？"

"我们认为约翰·波尔已经死去了是理所当然的事情。如果他真死了的话，那么他的尸体怎么不在水潭里呢？天哪，我倒是认为穆阿奇的迷信可以解释！"

"我认为他就在水潭里！"罗德说道。

瓦比转向他，重复着半个小时以前他告诉老勇士的话。

"我们试试！"

瓦比和穆阿奇又尝试了一番，两人像水獭一样潜入水下，但罗德倒丝毫也不愿跳下水打捞。穆阿奇现在将一半的衣服悬挂在火堆旁，将平底锅绑在了一根长长的木棍上，这根木棍是用一棵砍掉的小树做成的，很显然，穆阿奇准备开始在水潭里打捞黄金。罗德也加入了穆阿奇的行动，他们再一次萌生了寻找黄金的激情。平底锅绑牢固之后，瓦比离开火堆，加入同伴。三人回到水潭边，带上了这根长长的临时制作的打捞工具。穆阿奇挖起两加仑①或更多的沙砾，然后将沙砾倒在岸上的石头上，罗德和瓦比急切地弯下腰，用手指在沙砾间扒拉着，擦拭着每一颗可疑的小石子上面的泥沙。

"最快的办法就是用水冲刷它！"当穆阿奇把另外一锅泥沙倒下来的时候，罗德说，"我要舀些水！"

罗德跑到营地里取来剩余的平底锅，他回来后，看到瓦比

①英美制容量单位，美制1加仑等于3.785升。

围绕着石头奇怪地手舞足蹈着，而穆阿奇则沉默地站在水潭边，轻轻微笑，他的打捞工具平稳地悬在水面上。

罗德匆忙往回赶时，瓦比喊道："你说这是怎么回事呢？"

他伸出手，手中是一个黄色的金块，这是第三个金块了！金块微微地闪烁着光泽，体积是穆阿奇发现的那个金块的两倍！

罗德倒吸了一口气："水潭中一定布满了金子！"

他用平底锅挖了将近一半容量的沙子和小石子，然后跑入膝盖深的溪水中，他急切地用水冲洗着沙子和小石子。这一次太马虎了，他想，但是这是自己的第一锅，下一锅的时候一定要小心一些。这时候他开始注意到，所有的沙子都没有被水冲走，他看到沙子沉沉地厚厚地躺在小石子之间时，他的心都快提到了嗓子眼了。又冲了一些水，他把平底锅拿到一束光线下，上千个细小的闪着光泽的小颗粒映入眼帘。平底锅的正中央，一块纯金的金块正闪着光泽，这个金块足足有一颗豌豆那么大！终于，他们发现了宝藏！这么庞大的财富！他盯着锅底，想要大声欢呼起来，但怦怦的急促的心跳让自己喊不出来。只看了锅底的黄金一眼，他就明白自己的希望和想要得到的东西都实现了。他发财了！在那些闪烁着光泽的颗粒中，他看到自己和母亲都获得了自由！他们不必为了生存而继续在城市里挣扎，也不必为了维持一个小小的家而节省、拼搏和牺牲，父亲当时就是在这个小小的家中逝世的。罗德脸上溢满狂喜，他看了瓦比一眼，然后涉水走到岸上，将平底锅展示给伙伴们看。

"又一块金子！"瓦比兴奋地嚷道。

"对！但不是金块，是——"罗德把平底锅移动了一下，然后就有上千颗小小的颗粒闪烁着光泽流动着出现在瓦比的眼前，"是金渣，沙子里有很多很多金渣！"罗德声音颤抖，脸色煞白。

瓦比蹲在那儿，抬起头看了看罗德，他们都不再说话。穆阿奇也凑过来，静静地看着平底锅，然后回到自己的打捞工具边。罗德一点点地冲洗着自己的平底锅，半个小时后，他又将平底锅展示给瓦比看。这时候，锅里已经没有小石子了，留下来的沙子很沉重，那些颗粒闪烁着微弱的光泽，半掩在沙子下的全都是黄金金块！瓦比的锅里没有金块，但却闪烁着纯金金渣的光泽。

穆阿奇从水潭中挖起了一蒲式耳①的沙子和沙砾，把它们倒在了石头上。罗德走到石头边，检查他的第三锅泥沙，而穆阿奇则没有任何表情，好像什么也没发现似的。下午还没过完一半，幽暗已开始降临峡谷之中，第四锅结束的时候，罗德发现天色已经非常灰暗了，以至于他连沙子中的黄色颗粒都分辨不出来了。除了找到一块金块之外，剩下的都是金渣。和瓦比的合在一起的话，有三个小金块了。

他们停下来时，穆阿奇从石头边站起身，咯咯笑着扮了个鬼脸，伸出手，瓦比看到穆阿奇攥着的手之后惊讶得大叫一声，罗德听到瓦比的惊叫后也赶忙来到他的身边——原来老勇士的手心里抓满了金块！穆阿奇将这些金块递到瓦比手中，

---

①英美制容量单位(计量干散颗粒用)，1蒲式耳等于8加仑。

瓦比又递到罗德手中,罗德用手估量了一下金块的重量,忍不住欢呼起来,他一个下午都抑制着这种欢呼。罗德蹦蹦跳跳地欢呼着跑回营地,很快就把一个小磅秤带来了,这个小磅秤是瓦比从家里带来的,原本是在家里称点心用的。这天下午他们所发现的金块的总重量是七盎司,扣除三分之一的沙子之后的纯金渣的重量是十一盎司多一点。

"十八点二五盎司!"罗德半信半疑地用颤抖的声音说出了总重量。

"十八盎司啊!一盎司至少二十美元!三百六十美元了!"他飞快地计算着,"我的天哪——这可是一笔不小的财富!"

"不到半天的工夫。"瓦比说,"我们比约翰·波尔和两个法国人干得还好。这意味着一个月就有一万八千美元!"

"秋天到来之前——"罗德开始说话。

他还没说完就被穆阿奇咯咯的笑声打断,老勇士的脸像一张漂白亚麻帆布,奇怪地笑着。

"一个月两万美元是多少钱?"穆阿奇问道。

这还是瓦比第一次听到穆阿奇开玩笑,他高兴得大叫一声,将穆阿奇从坐着的石头上掀翻下来,罗德也跟着瓦比一起高兴地笑起来。

瓦比和罗德很快就意识到,穆阿奇的问题不仅仅是个玩笑。后续的几天里,打捞工作一直都继续着,香脂棚屋下的鹿皮袋变得越来越沉重。每过一个小时,寻金者们都会发现鹿皮袋又鼓了一些。第五天的时候,罗德发现自己总共找到了十七个金块,其中一块足足有半个拇指那么大。第七天是他们淘金的收获最大的一天,但是第九天的时候,出现了一件不好的事情。这一天,穆阿奇不停地忙碌着,以便从水潭里挖上来足够多的泥沙让罗德和瓦比用水冲刷来寻找金子,但是现在他每次只能挖出来一两把的沙子和小石子。第九天的时候,他们三个人发现了一件事情——水潭中的珍宝捞完了!

但即便如此,他们却并没有太多的不愉快。他们猜想水潭附近的某个地方肯定是黄金的来源,他们确信会在那个地方找到更多的金子。另外,他们已经积累了对于他们来说算是可观的财富,至少每人有两千美元。打捞和淘金工作又继续了三天,然后,穆阿奇从水潭潭底就再也捞不上来沙子和小石子了。

最后一锅沙石在大清早被冲洗,温和的空气中飘来腐烂的驯鹿肉的味道的时候,穆阿奇和瓦比吃完晚饭后立马动身去外面的平地上寻找新鲜的兽肉,只留下罗德一个人在营地里。奇异的暮色在峡谷中越来越浓,太阳尚未从平地上消失之前,幽暗已经笼罩大地了,这时候罗德已经开始准备晚餐。他知道,两名印第安人在天黑之前就会重新回到山峦间的缺口处。罗德觉得他们马上就要回来了,他加紧搅拌面粉和水,准备做热石板烤饼干。他专心致志地做着饭,竟然没有察觉一个身影正从石头那儿一步一步地走过来。他没有察觉到那双眼睛——那双眼睛像缓慢燃烧的煤球一样在他和瀑布之间的晦暗中瞪着他。

直到那个身影发出一声低沉的哀号声,他才意识到有什么东西正在朝自己走来。那声低沉的哀号声仅仅比低声的说话声大了一点而已，罗德吓得一下子站了起来，浑身都绷紧了。他看到离自己十二码远的地方有一张大脸，脸色惨白，那个身影正在越来越昏暗的暮色中瞪着自己。那个身影正是那个疯子猎人！疯子的胡子和头发都乱蓬蓬的。

谢天谢地！这一刻，罗德竟然没有害怕。罗德站在火堆的光亮里，就像上一次向这个疯子伸出双手一样，他又向疯子伸出了自己的双手，然后，轻轻地，以恳求的口吻喊道："约翰·波尔——"疯子发出一声微弱的几乎听不到的声音，这个声音一遍又一遍地重复着，让罗德有点激动，因为这个声音像极了自己正在呼喊着的名字。"约翰·波尔！约翰·波尔！约翰·波尔！"疯子一边重复着这个声音，一边往自己走来，他一步一步地走着，好像是在用四只手脚爬行一样，罗德看到他向自己伸出了一只手，他伸出的手中拿着一条鱼！

罗德往前迈了一步，真诚地伸出自己的双手，这时候疯子停下了脚步，畏缩着好像害怕受到攻击似的。

"约翰·波尔！约翰·波尔！"罗德重复着。除了这个名字之外，他想不到自己还应该说什么，他一步一步往前走着，他轻轻地一遍又一遍地喊着这个名字。现在他离这个疯子不到十英尺了，不到八英尺了，他离疯子这么近了，再往前跨上一大步他就可以够得着疯子了！这时候罗德停了下来。

疯子将手中的鱼放在了地上，然后慢慢后退着，并发出不连贯的低语声，然后他站起身，突然哀号着扭过头飞快地跑回到水潭边。罗德赶紧追赶上去，他看到这个身影从水潭旁的石头上往下纵身一跳，然后响起一声沉重的扑腾声，一切又平静了！

好几分钟，罗德都呆呆地站在那儿，瀑布飞泻而下的水雾落在他脸上。这一次，疯子跳进了脚下冰冷的深水中，但他却没有像第一次那样惊恐地也从石头上跳进去。疯子从水潭里的哪个地方逃跑了，这意味着什么呢？瀑布的水帘有十一二英尺宽，遮挡住了后面黑色的石壁，像一个厚厚的帘子，那后面是什么呢？约翰·波尔会不会在瀑布后面的石壁里发现了一处可以藏身的地方？存在不存在这种可能呢？

罗德回到营地，他相信自己终于把神秘问题破解了。约翰·波尔就藏在瀑布后面！疯子如此近距离地蹲伏在自己附近时所发出的奇怪的低低的声音仍然萦绕在自己的耳畔，他敢肯定，疯子是在含混不清地喊着自己的名字——约翰·波尔。如果说以前还有什么怀疑的话，那么现在已经没有了。这个疯子就是约翰·波尔，这个判断越来越坚定，罗德在疯子放下的鱼边停下来，再一次扭过头看了看水潭那儿孤独的黑色。

罗德双唇间无意识地喊出同情的呜咽的呼声，他一次次喊着约翰·波尔的名字，声音越来越大，后来峡谷下游阴沉的深谷间传来了回声，但依然没有人应答。罗德转身看了看那条鱼，约翰·波尔希望和自己成为朋友，他带了这条鱼作为礼物。借着篝火，他看清楚了，这是一条外形奇怪的颜色暗淡的鱼，鳞片细小，并且鳞片几乎是黑色的，鱼头很厚也很重。这条鱼跟一条大鳟鱼的尺寸差不了多少，但它不是一条鳟鱼。他又仔细地看了看鱼头，然后发现这条鱼竟然没有眼睛！他顿时失声惊呼起来！

真相一下子就明了了,鱼是从瀑布后面来的,也就是从约翰·波尔藏身的地方来的! 他手中拿着的是一条没有眼睛的鱼,是一个来自另一个世界的生物,这个世界本身就藏身大地的深处。瀑布后面有一个巨大的洞穴,洞穴里面充满了各种各样神秘的看不见的东西。约翰·波尔就是在这个永恒黑暗的洞穴里发现了食物,然后他就在这个洞穴里安家了!

国际少年生存小说典藏

第十七章　地下的世界

半个小时后,穆阿奇和瓦比回到营地,发现热石板烤饼干还没熟。罗德坐在旁边,脚边放着一条奇怪的鱼。还没等穆阿奇将身上装着兽肉的包裹取下来,罗德就将这条鱼展示给他们看。穆阿奇立马猜到到底发生了什么,他把这条鱼与自己坐在火堆边时思考的事情联系在了一起。他想,最重要的事实是,在瀑布的后面有一个巨大的洞穴的入口,在这个洞穴中,他们不仅能找到约翰·波尔,还会找到巨大的黄金宝藏,而水潭中所发现的那些黄金仅仅是这个巨大的宝藏的一小部分而已。

　　整个夜晚,他们都没怎么谈论黄金,谈得更多的是约翰·波尔。罗德一遍又一遍地描述着疯子的来访,描述着疯子颤抖的恳求似的声音,描绘着疯子送来的鱼,描绘着疯子野性的渴望的目光,描绘着自己和疯子对话并且呼唤疯子名字的情景。素来不喜欢感情外露的穆阿奇也被整个事件震惊得目瞪口呆。疯子来的时候没有带枪,没有伤害他们的意思。疯子狂乱的大脑中产生了新的美好的想法,这个想法让他走近他们,疯子对他们多少有一些害怕,但更多的是信任。疯子恳求与他们交往,恳求获得他们的友谊,罗德内心深处觉得,约翰·波尔的神志并非完全不清醒。

三位冒险家退回到雪松棚屋下的毯子里，激动地期待第二天的来临，但他们期待第二天的来临却不是因为黄金。早一天或晚一天寻找黄金，影响都不大，因为黄金的光泽并不会因为岁月的流逝而黯淡，黄金会在这儿一直等着他们的。所有事情中最重要的，是一个人对另一个人的同情，这种同情让他们把其他的想法都搁置在了一边。拯救约翰·波尔才是明天的当务之急，寻找黄金的事情可以放到以后再说。

翌日，天刚蒙蒙亮他们就起床了，天大亮之前，他们已做好了去瀑布后面探险的准备。不管那儿藏着什么，他们都要进去弄个明白。瓦比用橡皮衬布裹着一杆猎枪和半打做火把用的松枝抱在怀里，穆阿奇带了很多熟肉。站在水潭边，罗德指着飞泻而下的瀑布说道："疯子是从瀑布的正下方进去的，那里就是洞穴的入口。"

瓦比将帽子和外套放在一块石头上，说道："我先试一试，你们等着我回来。"然后，他什么也没再多说，就跳入水潭中了。一分钟又一分钟过去了，他却一直都没浮出水面。罗德已经有些紧张了，穆阿奇却自信地在一边咯咯轻笑。

"找到疯子了！"他自言自语地说道，像是在回答罗德询问的目光。

穆阿奇正说着，瓦比从水潭中浮出来了，像条鱼一样。罗德赶紧拉他爬上石头。

"穆阿奇，我们太聪明了！"瓦比大口吸了几口气，说道，"在瀑布的后面，我撞上了岩石的石壁，那块岩石是我们寻找约翰·波尔的时候所发现的岩石，当时那块岩石就在我的头顶。然后——"他伸出手指着前面，说道，"我看到了一个和房子一样大的洞穴！"

"跳入水中很容易，"老领路人把脸扭向罗德，警告道，"但是头会撞在石头上，头要注意！"

瓦比插话道："不用潜水就可以，瀑布下面的溪水不到四英尺深。如果我们从这里涉水过去，很容易就可以到达。"

瓦比带着防水包裹，匆忙溜进了紧靠着岩石壁的水潭中，这个水潭就在瀑布的下面，水潭直接通到瀑布的里面。穆阿奇紧跟在瓦比后面，深深地吸了一口气，然后就进入到瀑布的后面了。罗德也匆匆进入了全新的体验之中，旋即，罗德觉得呼吸困难，耳畔响着雷鸣般的轰鸣声，他感到自己将要昏迷过去。旋即，罗德发现自己已经安全地从瀑布的水帘下穿过去了，穿过水帘只用了很短的一会儿，但却是心惊胆战的一会儿。进入到瀑布水帘之后刚开始的一段时间内，他什么东西也看不到。过了一会儿，他渐渐能辨认出水面之上的黑暗的轮廓。远处，黑乎乎的一片像是子夜时分的夜色一般，他明白，前方是一个巨大的洞穴！

紧抓着岩礁边缘，他向上攀登着，就像瓦比和穆阿奇刚才做的那样，然后他发现自己站在了一片松软的沙地上。突然，他感到有一只手抓住了自己的胳膊，然后听到瀑布的轰鸣声中传出来一个微弱的声音："看！"

罗德擦了擦眼睛上的水，凝视着前方，刚才有好一会儿他看不到任何东西，然后，他看到了一个微弱的光点。刚开始的时候这个光点非常微弱,跟一颗星星差不多大小,后来渐渐变得越来越清晰,让他惊愕的是,他看到这个光点慢慢升起,像是一团巨大的磷火,然后浮动在无尽的黑暗之中。罗德一边盯着前面的光点,一边兴奋地紧抓着瓦比的胳膊,奇怪的光点开始下降,然后很快消失了!

罗德和瓦比看到穆阿奇进入了黑暗之中,毫无疑问,他是要跟上那个光点。他们往前行去,瀑布的声音越来越微弱。比黑夜还要深沉的黑暗笼罩着他们,三个人拉着彼此的手,生怕有谁走失。罗德明白自己的同伴为什么没有点亮火把,因为他们前方的那个光点其实就是疯子猎人举着的一个火把。他们激动得浑身颤抖,约翰·波尔会把他们带到哪儿去呢?

罗德突然意识到,他们脚下的沙质河床不再是水平的了,河床正在渐渐升高,因为前方的火把正在升高。穆阿奇停下脚步,足足有一分钟时间他们都站在那儿聆听着,喧哗的瀑布声现在已成了遥远的若有若无的私语声,除此之外,别的什么声音也没有,四周都是无边无际的奇怪的黑暗。他们正要继续往前走下去的时候,却突然又停住了,因为他们听到了一个低低的呜咽的回声,罗德的心脏简直都要停止跳动了。呜咽声慢慢消失,然后是奇异的安静,接着传来低低的呻吟,像是人在极度痛苦时的声音。瓦比打了一个寒战,他想控制自己的情绪,但前面悲伤的哀号声还是让自己很不舒服。哀号声尚未消失,穆阿奇就又领着他们向前出发了。

他们一步一步跟着奇怪的火把往前走下去。然后,火把消失了,罗德明白,他们正在沿着一个不大的沙丘往上爬,等爬到沙丘的顶端之后,他们将会再次看到火把,但是下一刻突然出现的景象令他猝不及防。好像一幅黑色的帷幕突然拉开,三位冒险家看到一幅景象出现在他们前方的道路上:一百步之外有一个一码宽的油松火把正在沙子里燃烧,约翰·波尔正蹲伏在火光里,伸长了胳膊,好像是一位奇怪的进行着恳求的祈祷者!在约翰·波尔的前面,是一片水洼,水面上闪烁着动荡的灯光。约翰·波尔的声音轻轻传入三位观察者的耳中,他的声音很小很小,即便是在如此寂静的巨大洞穴中,也几乎听不到。罗德觉得约翰·波尔像是个伤心欲绝的孩子一样正在哭泣着,他低声对着瓦比说出了自己的这个想法。然后,罗德小心翼翼地一步一步往疯子那儿走去,不让脚上的鹿皮靴发出任何声音。

走到一半的时候,罗德停了下来。

"你好!约翰·波尔!"他柔声喊道。

火把的微光照在了罗德身上,罗德又往前走了一步。疯子发出的低沉的声音停止了,但他没有动弹,仍然机械地蹲伏在那儿,他双手伸向身前的黑暗之中。在他再次说话之前,罗德已经来到了离他很近的地方。

"约翰·波尔,是你吗?"

慢慢地,蹲伏着的身子转过来,再一次,罗德看到,在火把的光亮下,这双野性的眼睛中闪烁着明亮而柔和的目光。罗德伸出双手大胆地往前走了一步,呼唤着约翰·波尔的名字,疯子没有退却,但往沙子里蹲伏得更低了,奇异的轻柔的声音再次从他的双唇间滑出。等到罗德离他不到六英尺远时,他突然像一只猫一样敏捷地站起身来,然后又猛地蹲入水中,腰部以下都陷入了水中。

他把手伸向火把光亮之外的神秘的世界中,脸朝着罗德。罗德明白,他正试着尽可能告诉自己一些什么事情。

"你想说什么?约翰·波尔?"

他向墨黑的水洼的边缘走来,然后从水中走出来,眼睛盯着罗德。

"你想说什么?"

疯子激动地伸出一只手指着前面,然后,将双手搭成漏斗状放在嘴巴前——罗德经常看到瓦比和穆阿奇呼唤驼鹿的时候这么做。他在那里喊出了一个可以传到很远的地方的声音,罗德听到这个声音后心脏突然激烈地跳动起来,因为他喊的是一个女人的名字!

"多洛瑞丝——多洛瑞丝——"

疯子的呼声渐渐变成了低低的回声消失在远方,根据自己刚才辨别出来的这个名字,罗德也喊了一声这个名字,作为回答。

"多洛瑞丝!多洛瑞丝!多洛瑞丝!"

约翰·波尔突然蹲在了地上,双手抱着膝盖,一声又一声地呜咽着呼唤起那个名字——多洛瑞丝!罗德将手放在这位老年人的肩头上,老人将灰暗而粗糙的头靠在了他的胳膊上。老人的呜咽声越来越低,头也越来越重。过了一会儿,罗德高声呼唤穆阿奇和瓦比,他知道约翰·波尔出了什么事,因为疯子蹲在那儿不再有任何的动作和声音。瓦比和穆阿奇很快就赶来了，三人一起将失去意识的约翰·波尔抬到火光下。老人双眼紧闭，爪子似的手指紧紧抓着自己的胸，直到穆阿奇将一只手搁在他的胸口上，才知道他仍然还在呼吸。

"现在我们应该把他弄到营地里。"瓦比说，"罗德，你举着火把在前面带路！"

约翰·波尔不是很重，因此瓦比和穆阿奇轻而易举地就把他抬走了。来到瀑布的水帘之前时，罗德用橡皮衬布包住了他的头，然后三位冒险家抬着他冲过瀑布。一个小时之后，老人睁开了眼睛，罗德凑近他。足足有一分钟，他都抬着眼睛盯着罗德，然后再次陷入了奇怪的昏迷之中，就像在洞穴里时那样。罗德站起身，脸色煞白，扭头看了看穆阿奇和瓦比，说道："我怕他会死去！"

两位印第安人没吭声。几分钟时间，三个人都默默围着约翰·波尔，等待他苏醒。后来，穆阿奇起身去火边取了一壶热汤。罗德站在他的身边，捧着一杯热汤送到他的唇中，然后，约翰·波尔的生命好像又被激活了。又过了一会儿，老人坐了起来，罗德将一汤匙温热的汤喂给了他。

整整一天中，他都是仅仅恢复一段时间的意识，然后就再次堕入死一般的昏睡中，然后再次短暂的苏醒，再次昏迷，如是反复。有一次，趁着他再度昏迷的时段，瓦比剪掉了他乱蓬蓬的胡子和头发，他们终于看清楚了这张憔悴的瘦削的脸庞，这是一个半个世纪之前的脸，那张指引他们寻找到黄金的地图正是这个人画的。第二天晚上，他的状况没有多少改变，不同之处是他偶尔会不连贯地低声喃喃几句，每当他这样说胡话的时候，罗德都会歇斯底里地呼唤他在洞穴中听到的名字。第三天，他仍然没有什么改善。第四天也是如此。穆阿奇已经尝试了所有的救生方法，现在也放弃了希望。他们看出来，约翰·波尔患了拉沙热病。大部分的时间他都像死了一般地沉睡着，除了能把汤喂进他嘴里之外，别的什么也吃不下。

第五天，瓦比重新去了一趟瀑布后面的地下世界。他回来的时候，发现了水潭中珍宝的秘密所在，原来，黄金是从这个洞穴中来的。他们跟随着奇怪的火把所走过的那片柔软的沙地中含有大量的金渣和金块。当春汛的洪水进入洞穴之后，流动着的水流会将这些金渣和金块带到洞穴口，然后带入到水潭中。瀑布永不停息地冲下来，将绝大部分的沙子都带入到了流动着的溪流中，但是比较沉重的金渣和金块就留在了它们当初落下的地方。

尽管罗德知道了这个秘密，但他并没有太多喜悦，因为他操心着约翰·波尔的病情。对于罗德来说，金子意味着一切，意味着自己希望得到的东西都得以实现；他知道，金子对于自己的母亲来说也意味着一切，对于穆阿奇和瓦比及他们的亲人来说也是这样。但是黄金可以等一等，而且他们现在已经积聚了不小的一笔财富了，他们可以以后再回来取剩余的金子。当前的任务是必须得采取行动挽救约翰·波尔的生命，多亏了这个人，他们才找到了黄金，这个人才是这笔财富的真正主人。第六天，罗德对瓦比和穆阿奇说出了自己的计划。

"我们必须尽快将约翰·波尔带回到驿站。"他说道，"这是拯救他的唯一方法。如果我们现在就动身,溪流中的水还足够深,可以将我们的皮划艇浮起,我们用十到十五天的时间就能到达瓦比诺什驿站。"

"水流太湍急了,我们根本就不可能在这样湍急的溪流中逆流划桨!"瓦比说道。

"你说得对。但是我们可以将约翰·波尔放进小艇里,然后我们拖着小艇往上游走。我们得走很长很长的路,也肯定会很辛苦,但是——"罗德停下话语,看了看瓦比,然后继续说道,"我们是想让约翰·波尔死去呢,还是想让他活下去?"

"如果他能活过来的话,我哪怕是经历千山万水的辛苦也在所不辞!"瓦比答道,"这意味着我们得吃一番苦了。我们已经知道黄金在哪里了,我们可以在几周以后再回来。"

如果说之前他们还对将约翰·波尔送回驿站的事情存在疑虑的话,那么这天下午发生的事情坚定了他们赶紧启程的决心。这天下午,约翰·波尔从长长的昏迷中苏醒过来,眼睛里焕发出新的光芒,罗德俯身看着他时,他轻轻地但清楚地低声说话了:"多洛瑞丝——多洛瑞丝——多洛瑞丝去哪儿了?"

"多洛瑞丝是谁,约翰·波尔?"罗德低声问道,他的心脏激烈地跳动着,"多洛瑞丝是谁?"

波尔举起一只消瘦的手,抓了抓自己的脑袋,然后又呜咽起来,然后过了一会儿,他又自言自语地重复起了刚才的话。

"多洛瑞丝——多洛瑞丝——多洛瑞丝是谁?"

瓦比和穆阿奇凑近他,仔细聆听,但约翰·波尔却再也不说一句话了。他吞咽了几汤匙热汤之后,就再度陷入昏迷。

"多洛瑞丝是谁？"脸色煞白的瓦比重复道，然后看着罗德问道，"洞穴中还有别的人吗？"

"他很可能是在呼唤四五十年前认识的一个人。"罗德答道，此时罗德的脸也煞白煞白的，他死死盯着瓦比，穆阿奇的脸上出现了奇异的神色。

"多洛瑞丝——"罗德沉思着，盯着瓦比的脸庞，"多洛瑞丝是一个妇女的名字，或者说是一个女孩的名字。我们必须得救活约翰·波尔，我们必须现在就动身去瓦比诺什驿站！"

"趁着他昏迷不醒，我们用绳子系住他，把他拉到上面的峡谷中。"瓦比很快补充道，"穆阿奇，开始动手吧。我们现在就挪动他！"

离黄昏还有两个小时，既然已经决定好了要回到瓦比诺什驿站，冒险家们就立即启程了。瓦比沿着从上面的峡谷上悬下来的绳子爬上去，然后将那些需要带回去的物品也通过这根绳子系着拉了上去。穆阿奇将其他的物品掩藏在古老的小木屋中。约翰·波尔最后一个被系着拉上去。一个小时之后，暗淡的暮色开始笼罩他们时，三个人已经走在了浅浅的溪流中，身后拉着皮划艇，皮划艇里睡着失去意识的约翰·波尔。这天晚上，三个人轮流照看着疯子，穆阿奇坐在他身边一直到十一点钟，然后穆阿奇去睡觉，瓦比过来轮岗。午夜刚过一会儿，罗德在睡梦中被人粗鲁地从香脂枝条床铺上拉起来。

"看在上天的面上，快起床！"瓦比低声说道，"罗德，他又在说话了！他又在呼唤多洛瑞丝了，这里曾经居住着一种比任何野兽都要大很多的野兽！你听！"

疯子正轻轻低声说着什么。

"我已经杀死它了!多洛瑞丝!我已经杀死它了,我已经杀死它了!多洛瑞丝你在哪儿呢?你在哪儿呢——"约翰·波尔发出一声长长的叹息,然后又安静下来。

"杀死了什么?"罗德张大了嘴巴问道,心脏怦怦跳动,几乎窒息。

"杀死了一头野兽!总之,是一头野兽。"瓦比低声说,"罗德,这个洞穴里曾经发生过非常恐怖的事情!我们不知道整个故事,两个法国人为了争夺桦树皮地图而自相残杀仅仅是整个故事中的一个很小的部分而已,大部分的故事是由约翰·波尔和多洛瑞丝上演的!"

良久,两人都静静聆听着,但老人再也没有发出任何声音。

"我们回床接着睡觉吧。"瓦比说,"我想,如果他接着说下去的话,你肯定愿意听。我两点钟的时候喊你来值班吧。"

罗德却再也无法入眠,他想着约翰·波尔和他奇怪的疯话。多洛瑞丝是谁呢?山下的黑暗世界中到底发生过什么样的恐怖悲剧呢?他试着入睡,但一种不可名状的不安情绪困扰着自己,疯子呜咽着呼唤的妇女的名字不停地萦绕在耳边。当瓦比喊他起来值班的时候,他没有将这些告诉瓦比,在随后的几天里,他也没有将这些说出来。还得走好几天的辛苦路程,还得与死神竞赛,他们才能赶回瓦比在驿站的小房子。

看起来约翰·波尔所剩的时间不多了。第四天的时候,约翰·波尔瘦削的脸颊显示出了拉沙热病的症状,第五天的时候他出现了精神错乱。他们夜以继日地赶路,每次休息的时候也顶多休息一两个小时就重新启程。这些天里，约翰·波尔不停地说着胡话念叨着多洛瑞丝、巨型野兽或无边无际的洞穴。现在这些野兽的样子渐渐浮现在他们眼前：这些野兽其实是一些人，这些人的眼睛从兽皮中露出微微的光芒，他们有手，投掷梭镖。第八天，疯子陷入了昏睡中。然后第十二天的时候，三位冒险家终于精疲力尽地到达了尼皮贡湖。穿过三十英里的湖泊就是瓦比诺什驿站了，他们商量好了，穆阿奇和罗德要出去找医生，而瓦比则伴随在约翰·波尔身边。晚饭之后，罗德和穆阿奇钻进了毯子里，睡了三个小时后，被瓦比喊醒。整个晚上，他们都不停地划桨，睡了很短的时间。他们接近驿站上岸时，旭日正在森林顶端升起。罗德跳上岸后，发现半英里之外的森林的边缘有一个身影慢慢从森林里走出来。即便隔着这么远的距离，他还是认出来了，那是敏妮塔琪！他看了看目光敏锐的穆阿奇，穆阿奇也已经看到并且认出了敏妮塔琪。

"穆阿奇，我想沿着森林的边缘走过去，然后给敏妮塔琪一个惊喜！"罗德毅然说道，"你在这等我好吗？"

穆阿奇笑了笑，然后点了点头表示同意，罗德就沿着森林的边缘向敏妮塔琪飞奔而去。罗德气喘吁吁地赶到离敏妮塔琪身后还有一百码远的时候，他进入了树林里，免得被敏妮塔琪发现。他轻轻吹起口哨，这种口哨是他第一次去北方旅行时敏妮塔琪教给他的，他知道在这片北国土地上，只有两个人吹这种口哨声，一个是敏妮塔琪，另一个就是自己。敏妮塔琪扭过脸，她听到了激动人心的口哨声。罗德在她身后往后退得更远一些，然后再次吹起口哨，比上一次声音更大一些，敏妮塔琪听到后犹豫着往森林边缘走来。当罗德第三次吹起口哨时，敏妮塔琪也羞怯地吹起口哨回应他，她好像已经辨认出了这是罗德的口哨声，但她好像还有些怀疑这个从香脂林的阴影中传来的哨声。

罗德再一次吹起口哨，稍稍地往后退着并且笑起来，敏妮塔琪再次吹起口哨应答着，往树林深处窥视。他看到敏妮塔琪的眼睛中半是惊奇半是期待的目光后，大声呼喊着敏妮塔琪的名字，从隐藏的地方冲了出来。敏妮塔琪高兴地轻轻喊出声来，张开了双臂迎接他。

第十八章　约翰·波尔的故事

这天上午,他们回到了瓦比诺什驿站,然后穆阿奇和罗德一起出去请医生了,瓦比则留在家里照顾约翰·波尔。穆阿奇和医生一起回来了,但罗德却留在了驿站上,整整一天他都没有得到片刻休息。他突然回到驿站,很多人感到很惊奇,所以他们就问罗德这是为什么。没有什么故事比这个故事更刺激的了,但是他尽可能以最简洁的方式讲述了事情的原委。罗德的面容比自己的语言更具有说服力,人们看到罗德的面容之后,就明白了他和同伴们经历了多少磨难。他的脸庞已经到了令人惊恐的瘦削程度,这是这些天来不顾一切的旅途劳累和睡眠匮乏所导致的,他的脸庞和双手上满是抓伤和挫伤的痕迹。这天傍晚他才上床,第二天他从沉重的睡眠中醒来时已经是中午了。

医生已经请来了,约翰·波尔现在正处于医生的照料之下。吃午饭的时候,罗德和瓦比被迫重新讲述了一遍他们的冒险经历。因为穆阿奇是和他俩一起回来的,因此也不被允许离开房间,他得回答敏妮塔琪一个又一个的问题才行。驿站站长的妻子和罗德的母亲也问了穆阿奇很多问题。吃饭的时候,罗德被安置在罗德母亲与敏妮塔琪之间。有几次,在谈话中,罗德都感到这个小姑娘的手摸着他的胳膊。有一次,当站长谈到他们重新回到洞穴中寻找黄金宝藏时,敏妮塔琪又使劲捏了他一把发出神秘的暗号,罗德疼得扭了一下身子。吃完饭后,罗德和瓦比才被单独留在了房间里,罗德开始思考起来。

"我为你感到惭愧,罗德!"敏妮塔琪站在罗德面前快快地嘲笑道,"你和瓦比是我见到过的最愚蠢的人!你们忘记了你们对我做出的承诺了吗?你们承诺说下一次我可以和你们一起去探险!我需要你在吃饭的时候说一说这件事!"

"但是,我,不能——"罗德笨拙地结结巴巴地说道。

"可是我要去!"敏妮塔琪坚决地说道,"下一次去的时候我要和你们一起去,不然我就逃走!每一次你们三个都把我一个人留在家里,这太不公平了。另外,你们不在家的时候,我做了很多安排。我已经说服了我妈妈和你妹妹,并且我的乳母玛巴拉将会陪我一起去。只有一个人不同意!"敏妮塔琪楚楚可怜地抠着手。

"只有爸爸不同意?"罗德说完就笑了起来。

"对!"

"如果只有他一个人不同意的话,那么我想我们有相当大的把握说服他。"

"我想让乳母和瓦比今天晚上去说服他。"敏妮塔琪说,"乳母玛巴拉提出的任何事情爸爸都不会拒绝,并且爸爸认为瓦比是世界上最好的男孩。乳母说她将锁住门不让他出去,直到他答应为止。哈哈,我们今天晚上有好戏看了!"

“说不定他会跟我们一起去呢。”罗德说。

“不会的,他不能离开驿站的。如果他离开驿站的话,那么瓦比就必须留下来。”

罗德扳着手指头。“这就意味着,下一次我们探险时有六个人——瓦比、穆阿奇、约翰·波尔、我自己、你和玛巴拉。那将是一个阵容强大的远游团!”

敏妮塔琪的眼睛溢满了快乐。

“你知道吗?”她说,“玛巴拉认为穆阿奇是自古至今最好的印第安人!哈哈!我真高兴如果,如果——”

她把小嘴巴张开成了一个圆形的红色“O”形,让罗德去猜想没说完的话。罗德不难猜到下半截话。

“我也会很高兴!”他嚷道,然后又补充道:“穆阿奇是世界上最优秀的人。”

“玛巴拉同样也是最优秀的。”敏妮塔琪忠诚地说。

罗德举起他的一只手。“我们为这件事握手吧,敏妮塔琪!我负责做穆阿奇的工作,你负责做玛巴拉的工作。下一次远行将会多有意思!”

“下一次旅行将会有很多很多的危险,你说是吗?”敏妮塔琪焦虑地问道。

“会有很多的。”罗德立即变得严肃起来,“如果约翰·波尔能活下来的话,那么我们这一次的远行将是最重要的一次远行,敏妮塔琪。我没有告诉别人,但是我相信那个巨大的洞穴中除了金子之外,还有很多东西在等待着我们!”

敏妮塔琪脸上的笑容消失了,她的目光柔和而充满渴望。

"你认为——多洛瑞丝——"

"我不知道会发现什么,但是我敢肯定我们会在那儿发现什么东西!"

整整一个小时,罗德和敏妮塔琪都谈论着约翰·波尔和约翰·波尔在精神错乱的时候所说的稀奇古怪的事情。然后敏妮塔琪重新回到罗德的母亲和自己的母亲那里,而罗德则去找穆阿奇和瓦比了。这天夜里发生了一件大事,驿站站长乔治·纽瑟姆勉强同意了瓦比的妹妹和玛巴拉跟他们几个一起去少有人涉足的哈得逊湾荒野旅行。

整整一个星期,约翰·波尔都徘徊在生与死之间。他的状况改善得很慢,但是他消瘦的身体每天都在恢复着力量,他眼睛中出现了新的光亮。第二个星期快结束的时候,毫无疑问,他正在慢慢地恢复神志。渐渐地,他知道了坐在他床边的人是谁,每当罗德来看他的时候,他都抓着罗德的手。起先,看到敏妮塔琪或者她母亲或者罗德的母亲的时候,他都会惊恐,她们一旦出现他就会不停地呼唤起罗德在洞穴中第一次听到的那个名字。每一次,这个老人的语言能力都恢复了一点点,一直细心地倾听和照顾着他的这几个人逐渐知道了约翰·波尔的故事。夏至过后,他能够将记忆中的那些生命中的散乱的故事给串联在一起了,但即便如此,他回忆起往事的时候也仍然存在很多记忆空缺,约翰·波尔觉得这些记忆空缺的时间段内没发生过什么重要的事情,但是其他人都知道这些时间段是他遗忘的岁月。

"以后,他会回忆起所有的事情。"驿站的医生说,"现在他生命中那些最重要的事情已经回忆起来了。"

约翰·波尔记不得具体日期了，他只记得那时自己还是一个少年，他离开了哈得逊湾的约克郡工厂，在两名法国人（这两个法国人后来在古老的小木屋中杀死了对方）的陪伴下远行了一千英里的路程到文明开化地区。但是罗德所发现的纸卷填充了记忆空缺。他是约克郡工厂的厂长的儿子，准备在蒙特利尔的学校里上一年的学。在旅途中，他发现了峡谷中的金子。约翰·波尔回忆不起具体的细节了，他只知道他们待在那里搜集金子，他是第一个发现金子的人，因此他所分得的份额是其他人两倍。那年秋天他们准备回约克郡工厂，不准备去蒙特利尔了。他朦胧地记得他们围绕黄金产生了纷争，然后写下了一些协议。有一天早晨，他醒来后就发现两名法国人正严密监视着自己，从那以后很久一段时间的事情都像是在梦中一样。

昏迷之后苏醒了，他就不再在峡谷里了，而是在一群奇怪的人之中。这群人个头低矮，头顶还不到自己的肩膀，他们穿着兽皮，拿着长矛，约翰·波尔没有再说多少关于这群人的事情，但听者都知道，他漫游到了遥远的北方，进入了爱斯基摩人之中。爱斯基摩人很亲切地对待他，他和这些人一起生活了好长时间，他们一起打猎和捕鱼，睡在冰块和积雪建造的房子里。

约翰·波尔所记得的下一段回忆就是白人了，他通过某种途径回到了约克郡工厂，他知道自己回到工厂的时候，很多年已经过去了，因为他的父亲和母亲这时候都已经逝世了，在驿站那儿有许多不认识的人。他模糊地记得,他领着人进行了几次不成功的远行,他们去寻找他和两个法国人所发现的黄金,有一次他去了一座大城市,那一定是蒙特利尔,他在那里待了很长一段时间,为哈得逊湾公司做一些事情,遇到了一个少女然后跟她结婚了。他提到这个少女的时候,约翰·波尔的眼睛焕发着兴奋,然后呜咽着从嘴里喊出了这个少女的名字。现在他虽然恢复神志,但却依旧不能记起年代。他好像是从一场睡了好久好久的梦中醒来。多洛瑞丝,他年轻的妻子,几个小时以前还和自己在一起似的。

此后,约翰·波尔的记忆再度出现了一段空缺。他记不起他们是如何在蒙特利尔生活了很久一段时间的,但是他知道过了一段时间后他和妻子一起去了遥远的北方,他们非常高兴,一个夏天他们乘着一只皮划艇出发了,一起前去寻找那个失落的峡谷。他们找到了那个峡谷。如何找到的,什么时候找到的,他却又记不起来了。此后约翰·波尔的故事就是巨大的无边无际的黑暗世界了,在这个世界中既没有太阳和月亮,也没有星星,他们借着火把的火光找到了金子,然后挖掘出金子。然后有一天他的妻子从这个世界中消失了,并且再也没有回来。

说到这些,他以前的疯癫再度发作了。约翰·波尔在寻找失踪的妻子时,发现了巨大的洞穴的末端。他在那里看到奇怪的人群,他在这个黑暗的世界中与这些巨兽般的人们打斗,这些人比森林中最大的驼鹿还要魁梧,然后他又讲述起大地深处雷鸣般的瀑布和湍急的水流。即便恢复神志之后,老人讲述起这些事情的时候还有身临其境的感受。

驿站站长乔治·纽瑟姆立即给蒙特利尔的这家公司写了一封信,询问有没有约翰·波尔这个人,一个月后他收到了回信。回信中说1877年到1878年之间有一个名叫约翰·波尔的人在毛皮加工厂里当检验员。三十年前,他离开蒙特利尔去了北方,很可能他不久以后就去寻找失落的黄金了,然后二十多年的时间里都在荒野中以野人的身份生活着。

在约翰·波尔休养康复的时候,罗德的母亲提出了一个建议,在驿站引起了一场风暴。她的建议是,驿站站长和他的家人陪伴她和罗德一起去文明开化地区生活一段时间。让所有人惊讶的是,特别是让敏妮塔琪和她的母亲惊讶的是,驿站站长竟然热忱地同意了这个提议,并且约定好了初秋的时候罗德再跟他们一起回来。驿站总部的一个代理人来这里钓鱼,要待上一个月,这个代理人高兴地表示他愿意代为管理站长离开这段时间内的事务。

最后,穆阿奇也答应了,愿意跟他们一起去罗德的家乡,这时候,罗德和瓦比的幸福就圆满了。他们一直在说服穆阿奇,刚开始的时候穆阿奇一直不答应,后来,敏妮塔琪用手臂环抱着他的脖子,将柔和的脸颊在他坚韧的脸上磨蹭个不停,并且扬言如果穆阿奇不肯跟自己一起去罗德的家乡的话,自己就绝不撒手放开穆阿奇,穆阿奇这才终于答应了他们的请求。

一个美丽的早晨,三只皮划艇离开瓦比诺什驿站进入到湖水中,向着南方驶去。当驶往文明开化地区的航程启动时,七个人中只有穆阿奇一个人的情绪很复杂，当森林慢慢被抛在身后时，他有一些伤感。穆阿奇即将会见到一个新世界，这个新世界离自己父辈们生活的土地很远很远，想起美好的旅程时，他驯鹿皮外套下的忠诚的心脏就加快了跳动。

驶往文明开化地区的航程就这样启动了。

国际少年生存小说典藏